Ausdenken. Außer „ZM – Streng geheim“ schreibt sie vorwiegend heitere Romane und Tiergeschichten. Sie lebt in Erlenbach am Main.
„Noch aufregender als das Bücherschreiben“, meint sie, „wäre allerdings eine echte Zeitmaschine ...“

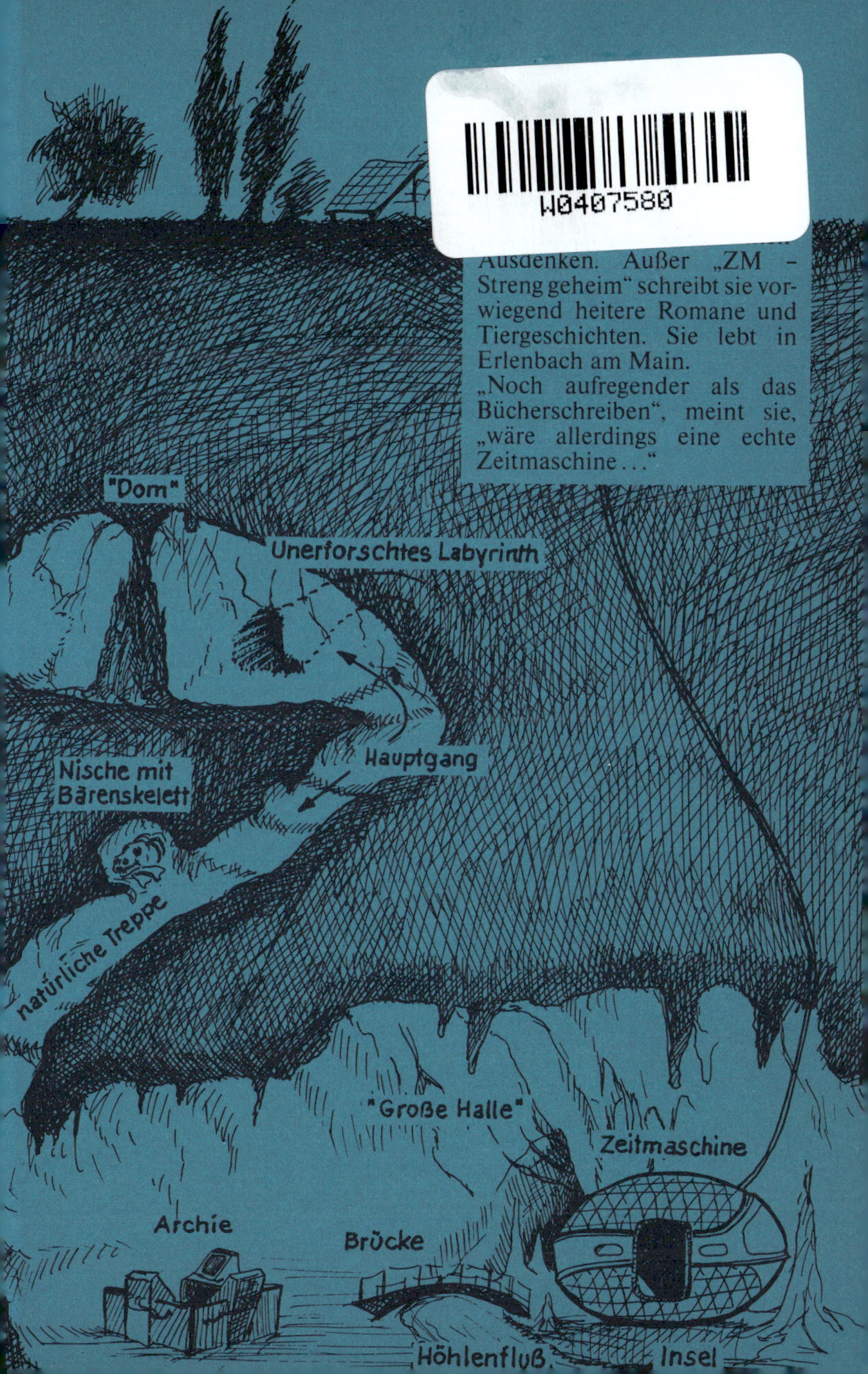

ZEIT MASCHINE

STRENG GEHEIM

DIESES BUCH GEHÖRT:

Pelikan

MARLIESE AROLD

DIE TEMPELSTADT IM DSCHUNGEL

ILLUSTRATIONEN

FRANK ROSENZWEIG

ZEIT MASCHINE

STRENG GEHEIM

DIE ABENTEUERSERIE VON Pelikan

Das Papier dieses Buches wurde ausschließlich hergestellt
aus **chlorfrei** gebleichtem Zellstoff –
der Umwelt zuliebe.

ISBN 3-8144-2318-6

Illustrationen: Frank Rosenzweig
Graphische Gestaltung: Leonore Wienstrath
Gesamtherstellung:
Graphischer Großbetrieb Pößneck GmbH
Ein Mohndruck-Betrieb
Printed in Germany
Auflage 15 14 13 12 11 10 9 8 7 6 5 4 3 2 1

Inhalt

von Marliese Arold

Das sind die Abenteuer:

Die Höhlenmenschen vom Mammuttal
Die geheimnisvolle Goldgräberstadt
Der Smaragd von Bagdad
Die Rache des Druiden
Die Todeselefanten
Die Maske des Piraten
Expedition nach Babylon
Karawane ins Verderben
Wer hat Einstein entführt?
Der Wächter der Pyramide
Die Katastrophe von Pompeji
Falscher Kurs nach Indien
Das Pferd des Schamanen
Im Labyrinth des Stiergottes
Atlantis II: Die Stadt unter dem Meer
Das Teufelslied von Löwenstein
Der falsche Maharadscha
Die Tempelstadt im Dschungel

Ambrosius Köhler
(genannt Professor Ambrosius)

Spinner oder Genie? Er ist Professor der Physik und hat früher an Hochschulen unterrichtet. Aber man hat ihn gefeuert. Seither ist der große, hagere Mann mit den grauen Haaren ziemlich launisch und menschenscheu. Auf Fremde macht er keinen besonders freundlichen Eindruck, weil er mit seinen Gedanken meistens woanders ist.

Professor Ambrosius ist der Großonkel von Heike und Michael Jaschke. Viele Jahre lang war er mit der ganzen Verwandtschaft verkracht, und mit etlichen Leuten ist er es auch heute noch, selbst wenn er inzwischen etwas zugänglicher geworden ist.

Seine dicke Hornbrille hat er endlich gegen eine weniger strenge Nickelbrille vertauscht, und auch die Haarlänge ist etwas erträglicher geworden. Seit dem Umzug nach Werthausen hat sich der Professor überhaupt positiv

verändert – das findet jedenfalls Frau Schneider, seine Haushälterin. Wenigstens verbringt der Gelehrte nicht mehr die ganze Zeit in seinem muffigen Keller, sondern ist viel an der frischen Luft . . .

Frau Schneider ahnt ja nicht, welches Ziel Professor Ambrosius' Spaziergänge haben: Eine Tropfsteinhöhle, die er selbst entdeckt hat. Dort kann er nämlich ungestört seinen Experimenten nachgehen . . .

Und er hat schon Dinge erfunden, da würde mancher vor Neid erblassen . . .

Michael Jaschke

liebt nichts mehr als Krimis und Gruselgeschichten. Bei einem Skelett kann er schon mal schwach werden. Zum Ärger seines Deutschlehrers besitzt Michael eine überschäumende Phantasie. Was in seinen Aufsätzen steht, klingt nicht immer glaubhaft. Aber die Schule ist Michael ziemlich schnuppe. Es gibt wichtigere Dinge, findet der Zwölfjährige. Zum Beispiel die Zeitmaschine des Professors . . .

Mit seinem blonden Haar, den blauen Augen und den unzähligen Sommersprossen sieht Michael seiner Schwester überhaupt nicht ähnlich. Die ist außerdem viel schlanker. Doch richtig dick ist Michael nicht. Höchstens ein bißchen pummelig . . . Aber darauf kommt's ja nicht immer an. Hauptsache, man ist flink im Kopf, und außerdem – soooo unsportlich ist Michael auch wieder nicht! Und andere Leute nachahmen kann er super!

Übrigens ist es gut, wenn wenigstens einer nicht gleich den Humor verliert. Denn bei manchen Abenteuern kann dem Professor und den Kindern das Lachen schon vergehen . . .

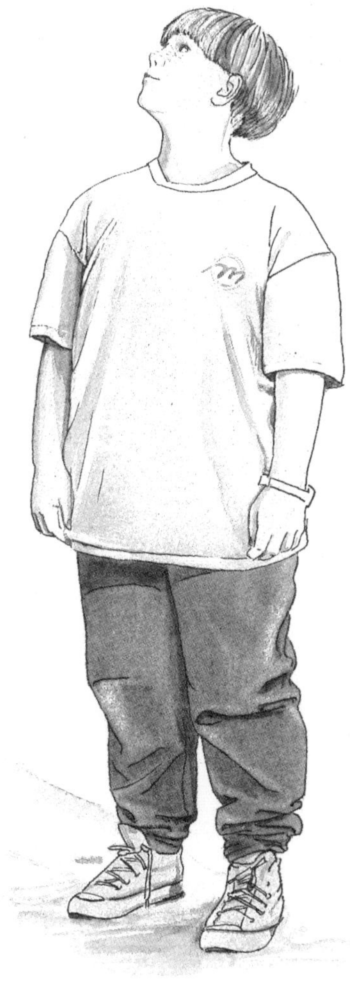

Heike Jaschke

schwärmt für Tiere, besonders für Pferde. Von Skeletten hält die Vierzehnjährige nicht viel – im Gegensatz zu ihrem Bruder.

Heike ist groß und schlank, hat grüne Augen und braunes Haar, das sie meistens zu einem Pferdeschwanz zusammenbindet.

Heike kann gut zeichnen, und in der Schule ist sie eine der Besten. Sie bildet sich jedoch nichts darauf ein. Hochnäsigkeit kann sie nicht leiden. Überhaupt ist Heike ein echter Kamerad und verliert selbst in den heißesten Situationen nicht den Kopf – auch wenn ihr das Herz manchmal ziemlich flattert.

Thomas Pahl

Thomas ist fünfzehn Jahre alt, groß und schlaksig. Seine Locken sind so dunkel wie Moorteufels Fell. Moorteufel ist ein prächtiger Labradorhund, und seine Spürnase ist einzigartig. Moorteufel ist das letzte Geschenk von Thomas' Vater, der viel zu früh gestorben ist. Inzwischen hat Thomas' Mutter wieder geheiratet, aber mit seinem Stiefvater versteht sich Thomas nicht und geht ihm lieber aus dem Weg.

Thomas interessiert sich für Technik und kann scharf kombinieren. Etwas waghalsig ist er manchmal schon, und ab und zu schießt er auch übers Ziel hinaus. Trotzdem kann man mit ihm Pferde stehlen und sich auf sein Wort voll verlassen.

Früher hat Thomas direkt neben dem Professor gewohnt, und so hat er Heike und Michael kennengelernt. Inzwischen sind die drei unzertrennlich. Ganz klar, ohne sie wäre Professor Ambrosius ganz schön aufgeschmissen! Der hat nämlich ein Talent, von einer verzwickten Lage in die nächste zu geraten . . .

Dicke Luft!

„Verflixter Köter, verflixter! Was hast du hier zu suchen? Sofort raus mit dir!"

Oben im ersten Stock knallte die Schlafzimmertür. Vier Pfoten tappten die Treppe herunter. Wenig später schlich ein schwarzer Hund zur Küche herein.

„Armer Moorteufel", sagte Michael mitleidig. „Hat er dich rausgeworfen?"

„Der Professor ist noch immer stocksauer auf uns", stellte Thomas fest und streichelte den Hund, der traurig zu ihm aufblickte.

„Versöhnungsversuch gescheitert." Heike seufzte. „Ich hätte nicht gedacht, daß Onkel Ambrosius so nachtragend ist."

Schon oft hatte es Streit und Auseinandersetzungen zwischen den Kindern und dem Erfinder gegeben, aber meistens waren die Meinungsverschiedenheiten doch recht schnell beigelegt worden. Diesmal war es anders. Klar, der Professor hatte einen Grund, den Kindern zu grollen. Sie hatten ihn nämlich daran gehindert, in der Vergangenheit zu bleiben. Sie hatten ihn mit der Zeitmaschine entführt und ihn zur Rückkehr in die Gegenwart gezwungen. Jetzt saß der Professor in seinem Schlafzimmer und sprach mit niemandem.

„Er denkt bestimmt noch immer an Prinzessin Layla“, murmelte Michael.

„Es war gemein von uns, daß wir ihn daran gehindert haben, sie zu heiraten“, gab Heike zu. „Aber es ging doch nicht anders!“

„Irgendwann ist sein Liebeskummer bestimmt vorbei“, meinte Thomas zuversichtlich.

„Hoffentlich bald“, sagte Heike. Sie zuckte zusammen, als oben erneut eine Tür knallte.

„Nein, ich habe keinen Hunger! Ich will kein Essen. Jetzt nicht und auch nicht später. NIE MEHR!“

Das war die Stimme des Professors.

„Nun legt er sich mit Frau Schneider an“, flüsterte Michael.

Frau Schneider versorgte seit Jahren den Haushalt des Erfinders. Mit Engelsgeduld ertrug sie seine Launen. Jetzt kam sie in die Küche. Ihr Gesicht war blaß vor Wut, und sie preßte die Lippen fest zusammen.

„Sie dürfen sich nicht ärgern, Frau Schneider“, versuchte Heike, sie zu trösten. „Er ist heute zu uns allen ganz ekelhaft.“

„Muß ich mir das gefallen lassen?“ brach es aus Frau Schneider heraus. Sie war den Tränen nahe. „Warum behandelt er mich so? Es ist genug!“

Mit Bestürzung sahen die Kinder, wie Frau Schneider ihre Schürze losknotete und über eine Stuhllehne warf.

„Ich kündige!“

Sie rauschte aus der Küche, zerrte sich im Vorübergehen ihre Jacke vom Garderobenhaken und wollte zur Haustür hinaus. Gerade in diesem Moment standen draußen zwei Männer davor. Sie hatten eben klingeln wollen.

„Wir kommen vom botanischen Institut in Stuttgart. Wir waren gestern schon mal hier, denn wir wollen untersuchen, warum in Ihrem Garten im Juli noch Flieder und Schneeglöckchen blühen“, murmelte der Dicke.

„Warum, warum!“ schnaubte Frau Schneider ärgerlich. „Weil ich alle meine Pflanzen mit *Liebe* pflege. Da blühen sie eben öfter, ganz einfach. Deswegen braucht man keine wissenschaftliche Untersuchung.“

„Interessant“, sagte der eine.

„Das wäre ein Beweis für das Seelenleben der Pflanzen“, ergänzte der andere.

„Unsere Bodenproben haben nämlich ganz normale Werte ergeben.“

„Keine erhöhte Stickstoffkonzentration.“

„Durchschnittlicher Kalkanteil.“

„Keine Übersäuerung des Bodens.“

„Die Wissenschaft steht vor einem Rätsel.“

„Diese Laune der Natur –“

„Ganz richtig“, hakte Frau Schneider ein. „Sie sollten lieber *Launen* untersuchen.“ Sie deutete ins Treppenhaus. „Im ersten Stock sitzt das Studienobjekt. Ich darf mich empfehlen. Auf Wiedersehen.“

Die beiden Männer sahen ihr verblüfft nach.

„Was hat sie damit gemeint?“

„Keine Ahnung.“

„Sie sagt, sie habe die Pflanzen mit *Liebe* gepflegt.“

„Ob sie möglicherweise eine von den Leuten ist, die angeblich einen grünen Daumen haben?“ überlegte der lange Dünne mit der Stirnglatze.

Der Dicke öffnete seine Aktentasche, holte einen Ordner heraus, klappte ihn auf und fuhr mit dem Finger eine Tabelle entlang. „In dieser Statistik steht, daß nur jeder hundertfünfundvierzigste Bundesbürger über einen grünen Daumen verfügt. Die anderen hundertvierundvierzig gießen ihre Zimmerpflanzen zu Tode.“

„Oder lassen sie verdorren ...“

„Topfen sie zur Unzeit um ...“

„Oder bemerken zu spät, daß Ungeziefer den Pflanzen schadet.“

Der Dicke klappte seine Mappe wieder zu. „Doch die Leute mit grünen Daumen können dieselben Fehler machen, ohne daß ihnen die Pflanzen dies krumm nehmen.“

„Das wäre in der Tat eine Untersuchung wert“, murmelte der Bebrillte bedächtig.

Michael und Heike tauchten im Flur auf, um zu sehen, wer da an der offenen Haustür stand. Die beiden Männer erweckten nicht gerade ihre Begeisterung.

„Schon wieder die beiden Pflanzenheinis“, brummte Michael. Laut sagte er: „Können wir etwas für Sie tun?“ Sein Tonfall verriet deutlich, daß er nicht die geringste Lust hatte, sich für die beiden ein Bein auszureißen.

Auch der Dicke war über das Wiedersehen nicht gerade erfreut. „Diese schrecklichen Kinder!“ Er stöhnte, zwang sich aber dann zu einem Lächeln. „Hallochen. Ist euer Herrchen zu Hause? Wir haben nämlich ein paar Fragen an ihn.“

„Herrchen“, schnaubte Heike. „Falls Sie Onkel Ambrosius meinen – er ist zwar da, aber –“ Sie suchte nach den passenden Worten.

„Aber er empfängt heute nicht“, erklärte Michael würdevoll.

Die beiden Männer schauten sich an. Der Dicke wischte sich den Schweiß von der Stirn. „Hör mal, Kleiner“, begann er dann streng, „mach uns keinen Ärger. Wir haben einen wissenschaftlichen Auftrag zu erfüllen.“

„Wir sind nämlich nicht zu unserem Vergnügen hier“, fügte der Dünne hinzu.

„Nicht zu Ihrem Vergnügen“, wiederholte Michael langsam. „Tja, wenn das so ist … Das ändert die Sache natürlich." Er zwinkerte Heike zu. „Dann können wir die Leute ruhig zu Onkel Ambrosius lassen, oder?"

Heike wollte erst widersprechen, doch dann begriff sie, was Michael bezweckte. In seiner momentanen Laune würde der Professor die Botaniker sicher hochkant rauswerfen, und dann waren sie die beiden garantiert für immer los.

Heike grinste. „Okay." Sie zeigte zur Treppe. „Da geht's hoch, bitte."

Der Dünne stapfte voran. Sein Kollege folgte ihm keuchend. Heike verschränkte die Arme und lehnte sich an die Wand.

„Bin ja mal gespannt, was passiert", meinte Michael.

Sie brauchten gar nicht lange zu warten.

„Nein, ich habe keine Lust, Ihre Fragen zu beantworten", ertönte die Stimme des Professors. „Flieder und Schneeglöckchen interessieren mich im Augenblick überhaupt nicht. Und noch weniger, ob irgendwelche Leute grüne Daumen haben!"

Wie die Kinder vermutet hatten, traten die beiden Männer ziemlich bald den Rückzug an. Professor Ambrosius verfolgte sie bis zur Treppe.

Der Dünne unternahm einen letzten Versuch. „Aber die Pflanzen blühen zur Unzeit", haspelte er. „Deswegen möchte unser Institut gerne –"

Doch der Erfinder ließ ihn nicht ausreden. „Teilen Sie Ihrem Chef mit, daß ich Zeitexperimente mit den Pflanzen unternommen habe. Ein Zeitfeld hat zur Verschiebung des natürlichen Wachstumsrhythmus geführt. Einfacher ausgedrückt: Die Schneeglöckchen denken, jetzt sei Januar, und der Flieder fühlt sich wie im Mai. Das ist alles."

Heike biß sich vor lauter Schreck auf die Lippen. Warum verriet der Professor sein lange gehütetes Geheimnis? Warum erzählte er so freiweg von seinen Versuchen, die Zeit zu beeinflussen? Auch Michael sah bestürzt aus.

„Warum schreiben Sie das nicht auf?“ brüllte der Erfinder den Mann mit der Brille an. „Bis Sie nach Stuttgart kommen, haben Sie's garantiert vergessen, so wie Sie aussehen.“

Der Angesprochene wurde erst rot, dann blaß.

„Sie sind ja verrückt!“ murmelte er.

„Ja, genau, das bin ich“, schnaubte der Professor. „Daneben noch jähzornig, größenwahnsinnig und gewalttätig!“

Die beiden Botaniker hatten keine Lust auf weitere Fragen, sondern machten, daß sie fortkamen. Michael hielt ihnen geistesgegenwärtig die Haustür auf. Sie stürzten hinaus und auf ihr Auto zu. Der Dünne war so nervös, daß er versehentlich den Rückwärtsgang erwischte. Er korrigierte, dann fuhr das Auto mit quietschenden Reifen davon.

„Die sind wir los“, bemerkte Michael.

Professor Ambrosius blieb neben ihm stehen und schaute ihn an, als würde er seinen Großneffen zum ersten Mal sehen. Seine Miene war grimmig, und Michael schrumpfte unter seinem Blick um zwei Zentimeter.

„Es ... es tut mir leid“, stotterte er.

„So, leid.“

„Aber ... aber wir konnten dich doch nicht in der Vergangenheit lassen. Wirklich. Ich meine, was sollen wir denn ohne dich tun?“ Der Junge schluckte.

„Zum Beispiel nach Hause fahren“, bellte der Professor. „Heim zu euren Eltern. Sollen die sich doch mit ihrer ungeratenen Brut herumärgern! Warum habe ich Trottel euch überhaupt eingeladen, bei mir die Sommerferien zu verbringen? Warum, he? Kannst du mir das verraten?“

Bei jeder Frage schob der Professor sein Gesicht dichter an das des Jungen. Michael schüttelte den Kopf und stammelte: „Ich ... ich ... weiß nicht. Wahrscheinlich, wwweil dudu uns irirgendwie mmmagst.“

„Pffff!“ Der Professor stieß die Luft aus und wich wieder ein Stück zurück. Michael entspannte sich. Zu früh, denn jetzt wetterte der Erfinder erst richtig los:

„Hör zu, du Lümmel: Ich mag nichts und niemanden!

Mich selbst am allerwenigsten. Ich bin ein eigenbrödlerischer, versponnener Sonderling, der sein Leben damit vergeudet hat, Zeitmaschinen und ähnlichen nutzlosen Kram zu erfinden!"

Michael biß die Lippen zusammen. Ihm fiel keine vernünftige Antwort ein, ja nicht einmal ein dummer Spruch, der die Situation etwas entschärft hätte.

Zum Glück machte der Erfinder auf dem Absatz kehrt und stapfte wieder die Treppe zu seinem Schlafzimmer hoch.

„Diesmal ist er stocksauer auf uns", murmelte Heike. „Ich habe Hunger", stellte Michael fest.

Heike blieb die Luft weg. „Meine Güte, gibt's mal einen Moment, wo du nicht ans Essen denkst? Ich könnte jetzt keinen einzigen Bissen runterbringen – bei *der* Stimmung!"

„Es ist längst Mittag vorbei", sagte Michael anklagend.

„Ich glaube nicht, daß Frau Schneider deinetwegen zurückkommt. Die ist fast genauso sauer wie Onkel Ambrosius. Wenn du Hunger hast, mußt du dir die Kartoffeln selbst schälen."

„Ich schau' mal nach, was im Kühlschrank ist." Michael ging in die Küche, riß die Kühlschranktür auf und starrte enttäuscht ins Innere. Besonders ergiebig war der Inhalt nicht.

„Du kannst dir ja was Tiefgefrorenes auftauen", schlug Heike vor. „Frau Schneider hat immer irgend etwas im Gefrierschrank, falls überraschend Gäste kommen."

„Prima Idee." Michaels Gesicht leuchtete hoffnungsvoll auf.

„Kannst du mit dem Mikrowellenherd umgehen?" fragte Heike.

„Das wird ja wohl keine große Kunst sein, oder?"

„Okay, dann geh' ich noch mal nach oben und versuch' mit Onkel Ambrosius zu reden. Vielleicht habe ich mehr Glück", sagte Heike entschlossen, und schon war sie draußen.

„Bewundernswert." Thomas seufzte. „Begibt sich in die

Höhle des Löwen. Dabei fliegt sie todsicher hochkant raus."

„Hm." Michael hatte nur halb zugehört. Er war dabei, den Inhalt des Gefrierschranks zu untersuchen. Er fand ein italienisches Nudelgericht, das ganz vielversprechend aussah.

„Hast du Hunger?" fragte er dann Thomas. „Soll ich auch eine Packung für dich auftauen? Oder machst du Diät wie Heike?"

Thomas überlegte und entschied dann, daß er einen Happen ganz gut vertragen konnte.

Michael trug die beiden eisgekühlten Nudelpackungen zum Mikrowellenherd. Ein bißchen ratlos stand er vor der Scheibe. Frau Schneider benutzte ihn selten.

„Kommst du klar?" wollte Thomas wissen.

„Sicher."

„Dann geh' ich mal rauf und schau nach, was los ist. Es ist ganz still, er brüllt gar nicht. Entweder vertragen sie sich oder –"

„Oder was?"

„Naja, deswegen will ich besser mal nachsehen. Sicher ist sicher." Und schon war auch Thomas weg.

„Alle fliegen aus", sagte Michael zu Moorteufel, der am Fußboden lag und ihm treuherzig zuschaute. „Jetzt sind nur noch wir beide übrig, du und ich. Magst du auch Eisnudeln?"

Der Hund winselte.

„Zu kalt, ich weiß. ich tau' sie ja gleich auf. Hast du eine Ahnung, wie man mit dem blöden Herd umgeht? Das Zeug reintun und einschalten, wie?"

Moorteufel wedelte mit dem Schwanz.

„Du weißt es also auch nicht. Ach was, ich probier's einfach. Viel schiefgehen kann da bestimmt nicht."

Während Michael am Herd hantierte, hielt er immer wieder inne und lauschte, ob etwas von oben zu hören war. Die Stille kam ihm richtig unheimlich vor.

„Was treiben die da oben bloß, Moorteufel?"

„*Ich* frage mich, was *du* da treibst", sagte plötzlich eine Stimme in der Küchentür.

Michael fuhr zusammen und drehte sich um. „Du liebes Bißchen, Frau Schneider, haben Sie mich aber erschreckt!"

Er hatte nicht gehört, daß die Haustür aufgeschlossen worden war. Wahrscheinlich war Frau Schneider durch den Keller zurückgekommen.

„Ich wollte nur nachschauen, ob ich in der Küche auch alles abgeschaltet habe", erklärte sie ihr unvermutetes Auftauchen. Sie fügte hinzu: „Du brauchst nicht zu glauben, daß ich bleibe."

„Ich wollte für mich und Thomas ein paar Nudeln auftauen", erklärte Michael.

„Aber so doch nicht!" Frau Schneider drängte Michael beiseite. Er überließ ihr seinen Platz nur zu gerne.

„Ich verwende den Herd gar nicht oft", brummte die Haushälterin, während sie sich an dem Gerät zu schaffen machte. „Ich koche lieber auf die herkömmliche Art. Über Mikrowellenherde hat man schon so viele Sachen gelesen. Leute, die einen Herzschrittmacher haben, sollen nicht zu nahe rangehen. Ich trau' dem Ding auch nicht. Wer weiß, was die unsichtbaren Wellen so alles anrichten."

O weh, jetzt kam wieder einmal ein Vortrag über die richtige Ernährung. Michael verdrehte die Augen. Am liebsten hätte er sich die Ohren zugehalten, aber er wollte Frau Schneider nicht noch mehr reizen. Die hatte ihr Ärgerpensum für heute schon weg. Er ließ sie weiterreden und zog sich in Richtung Tür zurück. Moorteufel sah es, erhob sich vom Boden und folgte ihm.

„Aber alles muß rasch gehen", murmelte Frau Schneider. „Schnell, schnell, schnell – heutzutage hat kein Mensch mehr Zeit, nicht mal fürs Essen! – Findest du nicht?" Sie drehte sich um und entdeckte, daß Michael schon halb draußen war.

„Ich ... ich will nur mal schnell nach den anderen gucken", haspelte der Junge. „Weil es oben so ruhig –"

Er kam nicht mehr dazu, den Satz zu beenden.

Ein Mikrowellenherd wird zur Zeitmaschine

Alles geschah ganz plötzlich. Frau Schneider hatte die Hand noch am Mikrowellenherd, als sie sich vor Michaels Augen in Luft auflöste. Die Haushälterin wurde einfach durchsichtig und war weg! Michael schnappte ungläubig nach Luft.

Doch das war noch nicht alles. Die Küche wurde so finster, als hätte jemand das Licht ausgeknipst. Dabei war draußen heller Tag, und die Deckenleuchte hatte überhaupt nicht gebrannt!

Michael blinzelte und erkannte, woher die Verdunkelung kam: Lauter Pflanzen wuchsen und ringelten sich an den Fensterscheiben entlang. Es war der reinste Dschungel. Und nicht nur am Fenster, sondern überall: Von den Küchenschränken hingen Lianen herunter. Farne wuchsen auf dem Kühlschrank. Auf dem Mikrowellenherd blühten Orchideen.

„Siehst du auch, was ich sehe, Moorteufel?“ Michael fühlte sich ganz schwach und mußte sich am Türrahmen festhalten. Spielten ihm seine Augen einen üblen Streich?

Doch es kam noch schlimmer. Als Michaels Blick auf den Küchentisch fiel, sah er, daß dort jemand hockte.

Es war nicht Frau Schneider.

Ein Mensch? Ein Tier? Ein Monster? Das Wesen trug einen bunten Umhang aus lauter Federn. Das Gesicht sah Michael nicht, aber unter dem Umhang ragten zwei nackte Füße hervor.

Michael ertrug es keine Sekunde länger. Er knallte die Küchentür zu. Der Schlüssel steckte, und er drehte ihn hastig herum. Dann rannte er die Treppe hinauf und nahm immer zwei Stufen auf einmal. Moorteufel folgte dem Jungen.

Michael stürzte ins Schlafzimmer des Professors.

Thomas und Heike saßen auf zwei Stühlen. Der Erfinder lag auf dem Bett. Sein Kopf war gekrönt mit Drähten, aber seine Miene schien etwas entspannter zu sein als zuvor.

Jetzt sahen alle auf, unwillig über die Störung.

„Du kommst hier rein, als wär’ der Teufel hinter dir her“, stellte Heike fest.

„Vie-vielleicht ist er das auch.“ Michael konnte vor Aufregung nur flüstern. Er schlotterte am ganzen Leib.

„Was ist denn passiert?“ fragte der Professor mit müder Stimme.

„Ich wo-wollte mimir gggerade was zu essen ma-machen.“ Michael fuchtelte mit den Händen, weil die Worte nicht schnell genug kamen. „Dda kakam –“

Er konnte es nicht, nein. Er konnte das Entsetzliche nicht beschreiben.

„Wer ist gekommen?“

Michael atmete tief durch. „Frau Schneider.“

„Ist das ein Grund, so aus dem Häuschen zu geraten?"
„Aber sie ist schon wieder weg. Und unten in der Küche", Michael deutete auf den Fußboden, „ist ein Dschungel. Lauter Pflanzen, Lianen und all so was. Und auf dem Tisch hockt ein Monster."
Jetzt war es heraus.
Erwartungsgemäß tippte sich Heike an die Stirn und sagte: „Mein Bruder spinnt mal wieder. Der hat was von *grünem Daumen* gehört, und gleich geht die Phantasie mit ihm durch."
„Es ist wahr", widersprach Michael. „Du brauchst bloß in der Küche nachzuschauen. Ich hab' abgesperrt. Es kann nicht raus."
Oder vielleicht doch? Möglicherweise konnte das Wesen die Tür niederwalzen. Oder es verschwand auf dieselbe Art wie Frau Schneider: durchsichtig werden und verduften.
„Das klingt, als sei dieses Haus plötzlich ein Spukhaus geworden", meinte Professor Ambrosius, nahm die Drähte aus dem Haar und richtete sich auf.
„Genau", hakte Michael ein. „Es spukt. Und wie!" Beim Gedanken an das gefiederte Ungetüm fing er wieder an zu zittern.
Der Erfinder schüttelte den Kopf. „Sei vernünftig, Junge. Wo bleibt dein Verstand? Gespenster gibt es nicht. Ich gebe zu, wir haben zusammen schon Unglaubliches erlebt, aber noch nie sind wir einem Geist begegnet. Alles hat eine natürliche Erklärung."
„Wenn du meinst", sagte Michael ohne Überzeugung. „Am besten gehst du selber runter und schaust nach, was in der Küche los ist. Aber ohne Garantie. Und mach vorher besser dein Testament."
„Das hab' ich längst gemacht", murmelte Professor Ambrosius. Er verließ das Schlafzimmer.
„Wenigstens lenkt ihn das jetzt von seinem Kummer ab", meinte Heike, bevor sie dem Erfinder folgte. Auch Thomas schloß sich an. Moorteufel tappte hinterher.

„Seid bloß vorsichtig!" rief Michael ihnen nach. Vorsorglich stopfte er sich die Finger in die Ohren. Doch dann hielt er es nicht aus und rannte den anderen nach.

Professor Ambrosius schloß gerade die Küchentür auf. Der Türgriff wurde ihm aus der Hand gerissen. Eine bizarr gekleidete Gestalt stand vor ihm. Auf dem Kopf saß ein Federbusch, das Gesicht versteckte sich hinter einer Vogelmaske. Angriffslustig funkelten die Augen in den kleinen Schlitzen.

„Mit wem habe ich denn das Vergnügen?" fragte Professor Ambrosius verunsichert.

Da schnellten zwei Arme aus dem Federumhang und faßten nach seinem Kopf. Die Brille flog herunter. Zum Glück landete sie in einer rosettenförmigen Pflanze und zerschellte nicht.

„Nicht so stürmisch!" Der Professor packte die beiden Arme. Es gelang ihm, sich zu befreien, obwohl der Angreifer große Kräfte entwickelte. Heike und Thomas zerrten inzwischen an dem Umhang. Federn stoben auf. Heike konnte der Gestalt die Vogelmaske herunterreißen.

„Ich werd' verrückt", ächzte Thomas. „Das ist ja eine Frau!"

Selbst der Professor war verblüfft. Die Fremde nützte die Überraschungssekunde, um den Erfinder erneut anzugreifen. Um ein Haar hätte sie ihm das Gesicht zerkratzt, aber Moorteufel sprang sie von vorne an. Die Frau keuchte vor Wut.

Michael, Thomas und Heike hielten sie fest und drehten ihr die Arme auf den Rücken. So hatte Professor Ambrosius Gelegenheit, den seltsamen Gast zu betrachten. Sie war jung, höchstens achtzehn bis zwanzig Jahre alt. Ihr Gesicht war etwas flächig, aber die blitzenden Augen ließen es trotzdem temperamentvoll wirken. Und das war sie auch.

Die Frau spuckte zornig nach dem Erfinder, aber sie verfehlte ihn.

„Na, na", brummte Professor Ambrosius. „Etwas mehr

Respekt, wenn ich bitten darf! Schließlich ist das hier noch immer *mein* Haus, oder?“

Die Frau hatte kein Wort verstanden. Ihr Blick war aggressiv, doch gleichzeitig voller Furcht.

„Wir wollen Ihnen ja gar nichts tun“, beteuerte der Erfinder und bemühte sich darum, seinen Tonfall ruhig klingen zu lassen. „Wenn Sie aufhören zu kratzen und zu schlagen, dann können wir uns vielleicht vernünftig unterhalten.“

Die Frau schob trotzig die Unterlippe vor.

Im gleichen Moment löste sich etwas vom Küchenschrank, und ein grünschillernder Vogel flatterte voller Panik im Raum herum. Die Frau zog erschrocken den Kopf ein.

„Nanu, haben wir jetzt auch noch Haustiere?“ Der Erfinder streckte die Hand nach dem Lichtschalter aus, der sich neben der Tür befand. Eine Bewegung, und schon beleuchtete die Deckenlampe die ganze Bescherung.

Die Fremde stieß einen Schrei aus und drehte ihr Gesicht zur Seite, weil das plötzliche Licht sie blendete.

Michael hatte nicht übertrieben. Es war der reinste Dschungel. Die Wände waren mit Schlingpflanzen überwuchert. Der Vogel flog wild um die Lampe, stieß sich die Flügel an und landete schließlich erschöpft auf dem Boden. Heike ließ die Frau los, eilte zu ihm und hob ihn auf. Sie spürte, wie das Vogelherz vor Angst und Anstrengung pochte.

Der Vogel hakte einmal nach ihren Fingern, hielt aber dann still. Er war etwa so groß wie eine Taube und hatte einen ungewöhnlich langen Schwanz.

„Armer Kerl“, murmelte Heike mitleidig. „So einen Vogel hab’ ich noch nie gesehen.“

„Es ist auch keine europäische Art“, antwortete der Professor. Er schüttelte den Kopf. Was war nur mit der Küche passiert? Woher kamen all die Pflanzen? Was tat der seltsame Vogel hier? Und wer war die Frau in dem Federkostüm? Fragen über Fragen!

„Was soll ich jetzt mit dem Vogel machen?“ Heike war ratlos. „Ich kann ihn doch nicht die ganze Zeit in der Hand behalten. Und wenn ich ihn loslasse, fliegt er wieder wie verrückt herum und stößt sich irgendwo an.“

„Im Keller steht ein alter Hamsterkäfig, da können wir ihn vielleicht reinsetzen“, schlug Michael vor.

„Gut, dann such ihn“, befahl der Professor.

Michael zögerte. Er lockerte vorsichtig seinen Griff. „Schaffst du es allein, sie festzuhalten, Thomas?“

„Wir sind weder Kidnapper noch Mädchenräuber“, fiel ihm der Professor ins Wort. „Thomas, du läßt sie auch frei, gehst nach oben und holst die Sprachpillen. Mal sehen, ob wir die Dame zum Reden bringen.“

„Und wenn sie dich wieder angreift?“ wollte Thomas wissen.

„Meinst du, ich kann mich nicht wehren?“ entrüstete sich der Erfinder. „Brauche ich euch denn als Leibwächter?“

Thomas verzichtete klugerweise auf eine Antwort und trabte los, um das Gewünschte zu holen. Die Sprachpillen waren eine geniale Erfindung des Professors. Eine Pille geschluckt, und man konnte eine Fremdsprache in Windeseile verstehen und sprechen, ohne erst mühsam Vokabeln lernen zu müssen.

Die Fremde machte keine Anstalten mehr zu einem Angriff, aber sie ließ den Professor keinen Moment aus den Augen.

Michael brachte den alten Hamsterkäfig aus dem Keller.

„Das rostige Ding?“ beschwerte sich Heike. „Der Käfig ist außerdem zu klein. Da knickt sich der Vogel doch seine schönen langen Schwanzfedern ab.“

„Etwas anderes war nicht da“, antwortete Michael patzig. Typisch Heike! Ansprüche stellen! Da herrschte im Haus helle Aufregung, weil Frau Schneider verschwunden und dafür eine komische Vogelscheuche aufgetaucht war, und Heike sorgte sich um ein paar Schwanzfedern!

Professor Ambrosius aber löste schon das Oberteil vom

Käfig und hielt es Heike hin. „Sobald wir eine luxuriösere Unterkunft aufgetrieben haben, kannst du den Vogel ja umquartieren. Aber ich fürchte, er muß sich erst einmal damit begnügen."

Heike sagte nichts mehr, sondern verfrachtete den Vogel in den Hamsterkäfig. Michael befestigte wieder das Oberteil.

„Wie schön er schillert", bewunderte Heike das Tier. „Wo der Vogel bloß herkommt?"

„Gib ihm doch auch eine Sprachpille, dann kann er dir's erzählen", schlug Michael vor.

„Idiot", sagte Heike ärgerlich.

Der Professor nahm die Sprachpillen in Empfang, die Thomas gebracht hatte, schüttelte eines der grünen Kügelchen aus der Kapsel und hielt es der Fremden hin.

„Da, schlucken Sie das!"

Mit spitzen Fingern nahm die Fremde die Sprachpille, schaute auf den Professor, dann wieder auf die Pille. Sie schien nicht recht zu wissen, was sie damit anfangen sollte.

„Hier rein." Michael deutete auf seinen Mund. „Und dann happihappi!"

Die Fremde stutzte, dann hielt sie Michael die Sprachpille vor den Mund.

„Nein, nein, ich doch nicht! Selber schlucken!" Behutsam bog der Junge ihren Arm zurück. Das hätte er nicht tun sollen, denn die Frau glaubte, er wollte sie angreifen. Sie holte aus, und ehe Michael sich versah, hatte er sich eine saftige Ohrfeige eingehandelt.

„Autsch!" Voller Entrüstung wich er zurück und hielt sich die brennende Wange. Der Abdruck aller fünf Finger war zu sehen. Die Sprachpille aber war auf den Boden gerollt und zwischen den Pflanzen verschwunden.

„Offenbar denkt die Dame, wir wollten sie vergiften", meinte der Professor. „Vorsicht ist die Mutter der Porzellankiste. Woher soll die Federfrau auch wissen, daß ich meine Sprachpillen nicht mit Zyankali herstelle?"

„Deswegen hätte sie aber nicht gleich so brutal zuschlagen müssen“, beschwerte sich Michael. „Ich hab’ ihr doch gar nichts getan!“ Seine Augen blitzten. Am liebsten hätte er den reizbaren Besuch sofort dorthin geschickt, wo er hergekommen war. Doch das wußten sie ja nicht, und dieser Umstand erschwerte die Angelegenheit.

„Der Klügere gibt nach“, meinte Professor Ambrosius. „In diesem Fall wir.“ Er schüttelte aus der Kunststoffkapsel vier Sprachpillen und verteilte drei davon an die Kinder. Die vierte schluckte er.

Nach einer Weile fing die Frau an zu sprechen. Sie ließ ein wahres Donnerwetter los.

„Du Sohn eines Krokodils, warum hast du mich entführt? Weißt du nicht, wer ich bin? Ich bin Feder-Schlange, die Nichte von Rauch-Muschel, dem König von Copan!“ Sie warf ihren Kopf in den Nacken. „Ich bin unterwegs zu meinem zukünftigen Gatten. Er wird dich köpfen, wenn er erfährt, daß ich deinetwegen aufgehalten worden bin.“

„Reizende Aussichten“, brummte Professor Ambrosius. „Und wer ist dein zukünftiger Gatte, wenn ich fragen darf?“

„Kein anderer als der König von Tikal“, antwortete Feder-Schlange schnippisch.

„Alle Achtung“, sagte der Erfinder.

Michael boxte ihn in die Rippen. „Kennst du den?“ flüsterte er.

„Keine Ahnung“, gab der Professor ebenso leise zurück. Laut sagte er: „Und wo liegt dieses Tikal?“

Feder-Schlange sah ihn verächtlich an. „Ich spreche von der Tempelstadt Tikal! Sind deine Ohren taub und deine Augen blind? Es gibt keine andere Stadt, die mit Tikal zu vergleichen ist.“

„Ach so, *Tikal*“, wiederholte der Professor und tat so, als würde es sich um einen ganz berühmten Ort handeln. „Jetzt verstehe ich.“ Feder-Schlanges Miene entspannte sich etwas.

„Natürlich will ich keinen Ärger kriegen, und du kannst in Kürze deinem zukünftigen Gatten weiter entgegenreisen“, fuhr der Professor fort. „Glaub mir, es war ein Versehen, daß ich deine Reise unterbrochen habe.“

„Worte allein sind keine Entschuldigung“, sagte Feder-Schlange kalt. „Deinen Frevel kannst du höchstens mit Gold wiedergutmachen.“

„Alles der Reihe nach“, erwiderte Professor Ambrosius. „Kommt Zeit, kommt Gold.“ Eine Ader an seiner Schläfe pulsierte, ein Zeichen, daß er sich ärgerte.

„Hoffentlich.“ Feder-Schlange verschränkte die Arme vor der Brust, was wegen des Umhangs nicht ganz einfach war.

Der Erfinder räusperte sich. „Du kennst dich am besten im Dschungel aus.“ Heike hörte den leichten Spott in der Stimme heraus. „Vielleicht bist du so liebenswürdig und zeigst uns den Weg nach Tikal.“

Michael wollte schon protestieren, doch da sah er, wie der Professor blinzelte. Er begriff. Professor Ambrosius wollte der arroganten Feder-Schlange einen Dämpfer verpassen.

„Zuerst mußt du mich zu meinen Leuten zurückbringen.“

„Nichts lieber als das.“ Der Professor hielt der Fremden charmant die Tür auf. Feder-Schlange marschierte aus der Küche, bremste aber, als sie sich im Flur befand. Ihr Blick wanderte voller Erstaunen die Tapete entlang, über die Bilder und die Jacken, die an der Garderobe hingen. Vor dem großen Spiegel zuckte sie zurück und berührte dann ungläubig die glänzende Fläche.

„Das bist du selbst“, bemerkte der Erfinder.

„Ich weiß“, zischte Feder-Schlange und blitzte ihn zornig an. „Ich wundere mich nur über den Spiegel. Einen von dieser Größe und Klarheit habe ich noch nie gesehen.“

„Zeig ihr das Badezimmer, Michael“, befahl der Professor. „Dort sind noch mehr Spiegel. Vielleicht möchte Feder-

Schlange auch ein Bad nehmen, bevor … bevor wir die Reise nach Tikal antreten."

„Mein Gatte wird dich mit Wonne köpfen lassen", fauchte Feder-Schlange, aber sie verstummte, als Michael die Badezimmertür öffnete. Die weißen Kacheln erregten ihr Erstaunen. Sie betrachtete die Badewanne. Michael zeigte ihr, wie der Wasserhahn funktionierte und wie man die Temperatur einstellen konnte.

„Hier sind Handtücher. In dieser grünen Flasche ist Badeschaum. Kamm und Bürste – alles ist da. Die Creme gehört Heike, aber ich bin sicher, sie leiht sie dir aus. Sie ist gegen Pickel."

Feder-Schlange starrte sehnsüchtig auf die Wanne. „Ich habe schon lange kein Bad mehr genommen."

„Das riecht man", entfuhr es Michael. Er verbesserte sich geistesgegenwärtig: „Der Umhang muffelt ein bißchen."

„Die Reise durch den Dschungel ist lang", überlegte Feder-Schlange. „Ich nehme dein Angebot an und werde baden. Aber wehe, wenn das nur eine List ist!"

„Diese Frau ist ja krankhaft mißtrauisch", murmelte der Professor.

„Wage nicht, mich zu berühren, sonst soll dich der Blitz treffen!" warnte ihn Feder-Schlange.

„Kein Mensch wird dich anfassen, und niemand wird dich stören", versprach der Professor. „Viel Spaß beim Baden."

Michael schloß die Badezimmertür von außen und hielt sich die Nase zu. „Ich kann sie nicht riechen." Er verdrehte die Augen. „Puh, wie die Federn stinken. Mir ist richtig schlecht."

„Mir ist auch schlecht", gab der Professor zu. „Vor allem, wenn ich daran denke, worauf wir uns da wieder eingelassen haben."

„Aber wie konnte das passieren?" fragte Heike. „Warum ist sie da? Ist der Mikrowellenherd tatsächlich zu einer Art Zeitmaschine geworden?"

Träume sind gefährlich!

Professor Ambrosius zögerte mit der Antwort. „Tja, ich kann mir eigentlich nur eine einzige Erklärung vorstellen."

Die Kinder schauten den Erfinder gespannt an. Michael erinnerte sich an die Drähte, die der Professor im Schlafzimmer auf dem Kopf gehabt hatte.

„Ich habe versucht, einen neuen Zeit-Traum-Apparat zu basteln, damit ich wenigstens von Layla träumen kann …"

Heike stieß einen Schrei aus. Mit dem Zeit-Traum-Apparat hatten sie schon schlechte Erfahrungen gemacht. Einmal war der Professor spurlos verschwunden gewesen, und es hatte große Mühe gekostet, ihn wieder ausfindig zu machen.

„Ich wollte Prinzessin Layla zumindest im Traum wiedersehen“, gestand der Professor. Er funkelte die anderen an. „Das wird ja wohl noch erlaubt sein! Ihr habt schon nicht zugelassen, daß ich in Indien geblieben bin und Layla geheiratet habe.“ Sein Gesicht verzog sich schmerzlich bei der Erinnerung.

„Und bei deinem Zeit-Traum-Apparat ist wieder etwas schiefgegangen“, folgerte Thomas.

„Ich weiß nicht, ob etwas schiefgegangen ist“, entgegnete der Professor. „Ich hatte ihn ja noch gar nicht richtig eingeschaltet. Aber offenbar sind die Zeitwellen in jenem Moment aktiviert worden, als Frau Schneider den Mikrowellenherd in Betrieb genommen hat. Eine andere Erklärung habe ich nicht.“

Die Kinder mußten die Nachricht erst verdauen.

„Hm, und was jetzt?“ fragte Michael nach einer Weile.

Aus dem Badezimmer drang Geplätscher.

„Ich schlage vor, während unser Besuch badet, räumt ihr erst einmal die Küche auf“, sagte der Professor. „Ihr entfernt den Dschungel und bringt alles wieder in den ursprünglichen Zustand. Ich versuche inzwischen, etwas über die Stadt Tikal herauszufinden.“

„Und was soll ich mit dem Vogel machen?“ erkundigte sich Heike und warf einen besorgten Blick auf den Käfig. Das Tier saß verängstigt in seinem Gefängnis und rührte sich nicht. „Sicher hat er Hunger. Was er wohl frißt? Beeren oder Insekten?“

„Vielleicht finde ich den Vogel im Lexikon“, meinte Professor Ambrosius. „Am einfachsten wäre es natürlich, wir würden einen Biologen zu Rate ziehen. Doch der würde bestimmt wieder ein paar unangenehme Fragen stellen ...“

„Frag doch Archie“, schlug Michael vor.

Archie war der Computer der Zeitmaschine. Er wußte nicht nur auf allen Sachgebieten bestens Bescheid, sondern war auch eine Künstliche Intelligenz. Er konnte eigene Entscheidungen treffen und reagierte manchmal wie ein Mensch.

„Archie, genau!“ wiederholte der Professor. „Warum bin ich nicht selbst darauf gekommen!“

„Verliebte sind bekanntlich nicht ganz zurechnungsfähig“, murmelte Michael, aber er erntete dafür einen Rippenstoß von Heike.

Sie zischte: „Erinnere ihn doch nicht dauernd an Prinzessin Layla!“

Doch der Professor hatte gute Ohren und verzog schmerzlich das Gesicht. Es war, als würde ihm jemand Salz in eine offene Wunde streuen. Er räusperte sich. „Also – ihr bringt die Küche in Ordnung. Werft alles auf den Kompost. Gebt mir den Käfig. Ich fahre inzwischen zur Tropfsteinhöhle und werde Archie ausquetschen. Er kann mir sicher auch etwas über Tikal erzählen.“

Heike runzelte die Stirn. „Du willst allein zur Höhle fahren?“ Mißtrauen schwang in ihrer Stimme. Wer weiß, vielleicht hatte der Professor vor, heimlich mit der Zeitmaschine nach Indien zurückzureisen. Es war ihm alles zuzutrauen. Heike schluckte. „Im Badezimmer ist Feder-Schlange. Außerdem ist Frau Schneider verschwunden, und wir haben keine Ahnung, wo sie sich zur Zeit aufhält.“

„Das ist mir bekannt.“

„Es wäre … wäre unfair von dir, jetzt zu kneifen.“

„Ihr habt wohl kein Vertrauen mehr zu mir?“

Heike spürte, wie ihr das Blut in die Wangen schoß. Sie sah zu Boden.

„Ich verspreche euch, daß ich nichts ohne euch unternehmen werde“, sagte der Professor. „Großes Erfinderehrenwort. Laßt ihr mich jetzt gehen?“

„Okay“, sagte Michael zögernd. Auch Heike und Thomas nickten. Professor Ambrosius nahm den Käfig. Kurz darauf fiel die Haustüre hinter ihm ins Schloß.

Moorteufel setzte sich auf die Hinterpfoten und winselte.

„Dir ist genauso elend zumute wie uns“, stellte Heike fest. „Du traust ihm auch nicht.“

„Sollen wir ihm nachgehen?“ schlug Michael vor.

„Und Feder-Schlange allein lassen?“ Heike schüttelte den Kopf. „Kommt nicht in Frage.“

„Und wenn ihm nur einer folgt?“ fragte Thomas.

„Lieber nicht.“ Heike verzog das Gesicht. „Falls er tatsächlich nichts vorhat, verzeiht er uns die Sache nie. Du weißt doch, wie dickschädelig er sein kann.“

„Aber wenn er doch abhaut?“ gab Michael zu bedenken.

„Dann können wir uns noch immer den Kopf zerbrechen.“ Heike marschierte entschlossen in die Küche. Es sah wirklich chaotisch aus. Einige Pflanzen fingen bereits an zu welken.

„Wir brauchen einen Korb oder einen Eimer.“ Heike blickte sich um, unschlüssig, wo sie anfangen sollte.

„Am besten auch ein Haumesser“, ergänzte Michael.

„Damit du die Kücheneinrichtung zerkratzt. Was glaubst du, was Frau Schneider dir erzählt!“

„Dazu muß sie erst mal wieder da sein.“

Heike seufzte. „Los, fangen wir an. Wenn wir nur herumstehen und reden, werden wir nie mit der ganzen Arbeit fertig.“

Thomas schleppte aus dem Keller einen Wäschekorb herbei. Inzwischen hatte Heike schon die ersten Ranken gelöst. Sie begann bei den Fenstern. Manche Blätter hingen so fest auf der Glasscheibe, daß man sie regelrecht abkratzen mußte. Zurück blieben grüne Streifen.

„Da muß man ordentlich mit Wasser und Seife rangehen“, meinte Thomas.

„Das machen wir zum Schluß“, bestimmte Heike. Sie keuchte, als sie einige Bromelien vom Küchenschrank herunterholte. Der Korb war schon fast voll. „Wo kommt all das Zeug bloß her?“

„Na, aus dem Dschungel.“ Michael grinste, aber sein Grinsen gefror, als ihm Thomas den Korb auflud.

„Rausbringen zum Komposthaufen!“

„Warum ich?“ beschwerte sich Michael.

„Weil du bisher noch keinen Finger krumm gemacht hast,

während Thomas und ich uns hier abschuften", fauchte Heike ihren Bruder an.

„Oh, du bist genauso reizend wie Feder-Schlange." Michael klemmte den Korb vor den Bauch und trug ihn nach draußen in den Garten. Vor dem Komposthaufen blieb er stehen und wischte sich den Schweiß von der Stirn, bevor er den Korb auskippte.

Seufzend kehrte er ins Haus zurück.

„Du kannst das Grünzeug hier einräumen und rausbringen." Heike wies auf die Pflanzen auf dem Boden. Dann kletterte sie wieder auf den Stuhl und kratzte weiter an der Tapete herum.

„Der Professor wird die Küche neu streichen müssen", stellte Thomas fest. „Es bleiben überall grüne Flecken zurück."

„Gibt es keinen anderen Weg, die Küche aufzuräumen?" überlegte Michael. „Onkel Ambrosius hat doch sonst so gute Ideen. Er könnte doch mal einen Reinigungsroboter erfinden. Oder einen Korb mit Rädern, der selbständig in den Garten zum Komposthaufen fährt." Ächzend trug er die zweite Ladung hinaus.

Die Kinder schufteten so emsig, daß sie Feder-Schlange erst bemerkten, als sie mitten in der Küche stand. Sie trug den gestreiften Bademantel des Professors. Jetzt, nachdem sie ihre Maskerade abgelegt hatte, wirkte sie mädchenhaft und verletzlich. Ihr schwarzes Haar war noch naß und glänzte.

Feder-Schlange blickte sich in der Küche um, die langsam ihr ursprüngliches Aussehen wiedererlangte.

„Wo ist der alte Mann?" fragte sie schnippisch.

„Falls du Onkel Ambrosius damit meinst –", begann Heike, und Michael fiel ihr ins Wort:

„Er sucht den Weg nach Tikal und wird bald zurück sein." Er fügte etwas leiser hinzu: „Hoffentlich."

Feder-Schlange hob die Augenbrauen. Heike schob ihr einen Stuhl hin. „Du kannst dich setzen."

„Oder uns helfen“, ergänzte Michael. „Du hast den Dschungel ja mitgebracht.“ Es war ihm egal, ob Feder-Schlange eine Prinzessin war. Wenn sie sich so unfreundlich ihnen gegenüber verhielt, dann brauchte er auch nicht höflich zu ihr zu sein.

Feder-Schlange setzte sich natürlich auf den Stuhl. Schweigend beobachtete sie, wie die anderen arbeiteten.

Michael fühlte ihre Blicke wie Nadelstiche im Rücken. Er war richtig dankbar, als er wieder einen Korb nach draußen bringen konnte. Diesmal kam Heike mit und half ihm beim Tragen.

„Puh, was für 'ne Sumpfeule“, beschwerte sich Michael. „Eine richtige Giftnatter. Ich bin froh, wenn wir sie wieder los sind.“

„Du solltest nicht so häßlich von ihr reden“, meinte Heike.

„Du nimmst sie in Schutz?“ wunderte sich Michael. „Ach so, Seelenverwandtschaft, wie? Dich hat sie ja auch nicht geohrfeigt. Ich spür' die Stelle jetzt noch.“

„Laß sehen.“ Heike betrachtete seine Wange im Sonnenlicht. Die Haut war noch leicht gerötet.

„Sieht bestimmt furchtbar schlimm aus“, jammerte Michael.

„Es geht.“

„Tut aber höllisch weh.“

Heike sah in Richtung Straße. „Müßte er allmählich nicht wieder da sein?“

„Wer?“

„Onkel Ambrosius natürlich, du Knalltüte.“

„Hm“, brummte Michael. „Keine Ahnung.“

„Ob er nicht doch mit der Zeitmaschine nach Indien zurückgefahren ist?“ grübelte Heike.

„Dann erzählen wir ihm aber etwas!“ regte sich Michael auf. „Uns mit diesem Federgespenst allein zu lassen!“

In diesem Augenblick flimmerte die Luft. Heike beschirmte die Augen. Zuerst glaubte sie, die Hitze sei an dem Flimmern schuld. Doch dann erkannte sie die ovalen Umrisse der Zeitmaschine. Schon stand die Maschine vor ihnen. Die Einstiegsluke glitt auf, und der Professor sprang heraus.

„Bist du verrückt, hier zu landen?“ überfiel ihn Michael. „Die Nachbarn –“

„Die sind noch immer verreist.“ Der Erfinder deutete auf die geschlossenen Rolläden des Nachbarhauses. „Keine Sorge, ich bin nicht plötzlich unvorsichtig geworden – obwohl ich schon längst auf das Gerede der Nachbarn pfeife!“

„Und? Hast du etwas über Tikal herausfinden können?“ fragte Michael gespannt.

Der Professor nickte. „Gut, daß ich Archie neulich mit den Daten eines archäologischen Atlas’ gefüttert habe. Er konnte mir sofort Antwort geben. Tikal liegt in Guatemala – mitten im Dschungel.“

„Guatemala?“ wiederholte Michael und krauste die Stirn. „Ist das nicht schrecklich weit weg?“

Doch für die Zeitmaschine waren räumliche und zeitliche Entfernungen kein Problem.

„Unser Besuch ist eine Maya-Prinzessin“, erzählte der Professor weiter. „Es gab tatsächlich einen Herrscher namens Rauch-Muschel, der im achten Jahrhundert nach Christus in der Stadt Copan regierte.“

„Und Feder-Schlange ist seine Nichte“, sagte Heike.

„Wenn ihr Onkel genauso biestig ist, dann haben seine Untertanen sicher nichts zu lachen“, bemerkte Michael.

„Darum geht es jetzt nicht. Wir müssen die Dame jedenfalls so schnell wie möglich wieder zurückbringen, damit ihrer Heirat mit dem König von Tikal nichts im Wege steht.“ Professor Ambrosius hob die Augen zum Himmel. „Ich hoffe sehr, daß wir auf diese Weise auch Frau Schneider finden.“

Im selben Moment ertönte aus der Zeitmaschine ein schriller Schrei. Heike zuckte zusammen. Dann begriff sie, daß es der Vogel im Käfig gewesen war, der geschrien hatte.

„Es ist ein Quetzal“, kam der Professor ihrer Frage zuvor. „Er galt bei den Maya als heiliger Vogel. Sobald wir im Dschungel sind, werden wir ihn freilassen. Meinetwegen können wir gleich starten. Ich warte hier, während ihr eure Sachen holt und den anderen Bescheid gebt."

„Wir sind gleich wieder da", versprach Michael und rannte mit Heike ins Haus zurück. Sie wollten schon nach oben in ihre Zimmer eilen, um von dort die Sprachpillen und die Fernbedienungen zu holen, als Heike hörte, wie Moorteufel bellte. Gleichzeitig kamen seltsame Geräusche aus der Küche.

„Da stimmt etwas nicht!"

Die Geschwister hetzten durch den Flur. Die Küchentür war geschlossen, Moorteufel stand davor und wedelte mit dem Schwanz. Heike riß die Tür auf und stürzte sich auf Feder-Schlange, die auf Thomas saß. Der Junge lag am Boden. Feder-Schlange hatte ihn mit dem Gürtel des Bademantels gefesselt und wollte ihm gerade einen Knebel in den Mund stecken.

„Oh nein, so nicht!" Heike sprang Feder-Schlange so heftig an, daß diese nach hinten umfiel. Die Mädchen wälzten sich auf dem Boden. Michael nutzte den Augenblick, um Thomas' Fesseln zu lösen.

„Gefällt dir Damen-Ringkampf? Mir nicht!" Er kam Heike zu Hilfe. „Drei gegen eine ist zwar unfair, aber es geht nicht anders."

Thomas stürzte sich ebenfalls ins Gerangel. Wenig später war Feder-Schlange überwältigt, und Michael band ihr die Hände auf den Rücken.

„Damit du nicht mehr schlagen und kratzen kannst!"

Heike wich einem Fußtritt aus. Feder-Schlange spuckte ihr nach.

„Das werden wir dir auch noch abgewöhnen", zischte Michael. „Ich dachte, du bist eine Prinzessin. Wir wollten dich gerade nach Tikal bringen, aber wenn du so bist, dann soll dich Onkel Ambrosius lieber in die fünfte Dimension schicken. Dort kannst du keinen Schaden mehr anrichten."

„Vielleicht begegnest du dort dem Fliegenden Holländer

und noch ein paar anderen angenehmen Gestalten“, murmelte Thomas.

Die Kinder hatten bereits Bekanntschaft mit der fünften Dimension gemacht. Es war ein Ort, an dem die Zeit keine Rolle spielte und alle physikalischen Gesetze auf dem Kopf standen. Selbst der abgebrühteste Mensch lernte dort das Gruseln.

„Ihr seid die gräßlichsten Geschöpfe unter der Sonne“, schnaubte Feder-Schlange. „Möge euch der Fluch von Achtzehn-Kaninchen treffen!“

„Vor Kaninchen haben wir nicht die geringste Angst“, sagte Michael.

„Wir finden Kaninchen sogar sehr nett“, entgegnete Heike.

„Ihr seid alle Sumpfschildkröten!“ Feder-Schlange lächelte boshaft. „Ihr wißt nicht, wer Achtzehn-Kaninchen war und was mit ihm passiert ist.“ Ihre Augen funkelten. „Aber dem Fluch werdet ihr nicht entgehen, sobald ich den gläsernen Schädel habe ...“ Sie biß sich auf die Lippen und verstummte, so als habe sie schon zuviel gesagt.

Heike aber fröstelte plötzlich, obwohl es mitten im Sommer war.

Ein geheimnisvoller Schädel aus Glas

„*Achtzehn-Kaninchen*?" Professor Ambrosius zog erstaunt die Augenbrauen hoch. „Bist du sicher, daß sie diesen Namen genannt hat?"

„Ich bin doch nicht taub", empörte sich Michael. „Natürlich will Feder-Schlange uns bloß Angst machen, das ist klar. Ich glaube nicht an einen Fluch. Trotzdem ..." Er verlegte sich aufs Bitten.

„Kann Archie nicht wenigstens mal in seinem Speicher nachsehen, ob es irgendwann einen Typen namens Achtzehn-Kaninchen gegeben hat?"

Der Erfinder seufzte. „Eigentlich dachte ich, daß wir gleich mit der Zeitmaschine starten sollten. Es behagt mir gar nicht, daß die Maschine so lange im Garten herumsteht.

Sie ist sichtbar für jeden! Wenn uns jetzt jemand besuchen will ..."

„Ich weiß, dann gibt's Ärger." Michael wedelte ungeduldig mit der Hand. „Aber vielleicht kriegen wir noch mehr Ärger, falls Feder-Schlange nicht geblufft hat. Möglicherweise hat Achtzehn-Kaninchen tatsächlich magische Kräfte und kann uns die Pest an den Hals hexen oder 'ne Heuschreckenplage. Oder Schweißfüße oder sonst etwas." Er verschluckte sich beinahe, so hastig und aufgeregt redete er.

„Du *glaubst* doch nicht an den Fluch?"

„Nein, nein, bestimmt nicht. Aber lieber vorsichtig sein! Für alle Fälle! Falls der Fluch vielleicht doch ein bißchen –"

„Michael!"

Michael zog die Schultern hoch. „Ich mein' ja nur. Natürlich bin ich nicht abergläubisch. Kein bißchen sogar. Wie käme ich auch dazu. Aber diese abscheuliche Feder-Schlange –"

„Gut, gut, ich frag' Archie ja schon", gab der Professor nach. „Sonst stehen wir noch nächste Woche hier neben dem Komposthaufen und streiten uns wegen Achtzehn-Kaninchen."

Die Einstiegsluke der Zeitmaschine glitt auf.

„Geht's los?" fragte Archie fröhlich, und auf dem Armaturenbrett begannen einige Lämpchen aufzuleuchten.

„Geduld, Geduld!" mahnte der Professor. „Sag uns erst, was du über Achtzehn-Kaninchen weißt!"

Es dauerte eine Weile, bis der Computer antwortete. Auf dem Bildschirm erschien eine Schrift.

KANINCHEN, AUCH KARNICKEL GENANNT, KÖNNEN BIS ZU 3 KILOGRAMM SCHWER WERDEN. SIE SIND BIS ZU VIERZIG ZENTIMETER LANG UND LEBEN GESELLIG. SIE GRABEN GERNE UNTER DER ERDE GÄNGE. KANINCHEN SIND ÄUSSERST FRUCHTBAR: BIS ZU FÜNF WÜRFE IM JAHR MIT JEWEILS VIER BIS ZWÖLF JUNGEN ...

„Achtzehn Kaninchen in einem Wurf sind ungewöhnlich“, murmelte Archie. „Es dürfte sich um eine absolute Seltenheit handeln.“

„Ich habe offenbar meine Frage nicht richtig gestellt.“ Der Professor seufzte ein wenig. „Was weißt du über einen Maya-König namens Achtzehn-Kaninchen?“

„Ja, und über seinen Fluch“, ergänzte Michael. „Ist er gefährlich?“

„Fluch?“ wiederholte Archie entsetzt. Auf dem Bildschirm leuchtete ein Totenschädel und die Schrift auf:

FLUCH – NEIN DANKE!

Der Professor faßte sich an die Stirn und stöhnte. „Das ist der erste Computer, der abergläubisch ist!“

Die Schrift veränderte sich.

ICH HASSE COMPUTERVIREN!

und

BLOSS KEIN STROMAUSFALL!

„Bitte, Archie“, sagte Professor Ambrosius mit kläglicher Stimme, „erzähle, was du über Achtzehn-Kaninchen in deinem Speicher findest.“

„Soll ich wirklich?“ kam es zögernd von Archie. Er räusperte sich und begann: „Achtzehn-Kaninchen war seit 695 König der Maya-Stadt Copan. Er regierte 42 Jahre, und während dieser Zeit zogen viele Menschen ins Copan-Tal, angelockt von der Schönheit der Stadt und dem Ruf des Königs. Doch Achtzehn-Kaninchens Untergang war vorprogrammiert. Am 2. Januar 725 setzte er im Reich Quirigua einen neuen Herrscher ein. Dieser Mann hieß Cauac-Himmel und wandte sich einige Jahre später mit Waffengewalt gegen Achtzehn-Kaninchen. Es gelang ihm, den König gefangenzunehmen. Am 3. Mai 738 wurde Achtzehn-Kaninchen in Quirigua vor den Augen vieler Menschen öffentlich geopfert.“

„Ihhh, wie schrecklich“, sagte Michael und erbleichte. „Und was weißt du von dem Fluch?“

Die Buchstaben auf dem Monitor hüpften auf und ab –

ein Zeichen für Archies Unruhe. Es dauerte einige Sekunden, dann sagte Archie mit deutlicher Erleichterung in der Stimme: „In meinem Speicher finde ich keine Eintragung über einen Fluch."

Michael plumpste ein Stein vom Herzen.

„Bist du nun zufrieden?" fragte der Professor seinen Großneffen.

Michael nickte. „Jetzt kann ich wieder ruhig schlafen – das heißt, wenn wir diese Giftspritze im Dschungel abgesetzt haben, damit sie zu ihrem Bräutigam kann." Er fügte hinzu: „Der arme Kerl ist jedenfalls zu bedauern. Ich möchte nie und nimmer mit einer Frau wie Feder-Schlange verheiratet sein, und wenn sie tausendmal eine Prinzessin ist. Brrr! Lieber geh' ich ins Kloster oder bleibe mein ganzes Leben lang Single!"

„Du hast ja noch ein paar Jahre Zeit, dir zu überlegen, was du tun willst", meinte Professor Ambrosius. „Jetzt haben wir aber lange genug herumgetrödelt. Wo bleiben die anderen?"

„Du mußt uns helfen, Feder-Schlange herauszuschaffen", gestand Michael. „Wir mußten sie fesseln. Sie hat nämlich Thomas angegriffen und auf den Boden geworfen. Als wir dazukamen, wollte sie ihn gerade knebeln ..."

Der Erfinder runzelte die Stirn. „Bist du sicher, daß nicht wieder die Phantasie mit dir durchgeht?"

„Ich lüge nicht!" entrüstete sich Michael. „Ich schwöre, es ist die reine Wahrheit! Ohne Übertreibung! Dieses Biest ist gemeingefährlich. Trau ihr bloß nicht! Sie lächelt dich an und kratzt dir im nächsten Moment die Augen aus."

„Na, wenn du es sagst, dann wird es wohl stimmen", brummte der Professor. „Ein Grund mehr, unseren Besuch wieder in seine richtige Umgebung zurückzubringen."

Feder-Schlange wehrte sich heftig, als die beiden Jungen und der Professor sie hinaus ins Freie zerrten. Heike trug den Federumhang, den sie aus dem Badezimmer geholt hatte.

„Wenn jetzt zufällig die Polizei vorbeikommt, sind wir dran“, keuchte Michael. „Ich versteh’ gar nicht, warum du dich so wehrst, Prinzessin Kratz-Bürste. Wir wollen dich doch bloß nach Tikal bringen. Keiner von uns ist scharf darauf, dich länger als nötig zu behalten, wirklich!“

„Du glubschäugiger Frosch“, fauchte Feder-Schlange, „glaubst du, ich muß mir deine Frechheiten gefallen lassen? Hast du vergessen, wen du vor dir hast?“

Als sie die Zeitmaschine sah, stutzte sie. Das Gefährt glitzerte in der Sonne.

„Was ist das?“

„Eine Zaubermaschine“, entgegnete der Professor. „Sie kann durch die Luft und die Zeit fliegen. Nur mit dieser Maschine kannst du in den Dschungel zurückkehren. Eine andere Möglichkeit gibt es nicht. Steig ein.“

„Woher weiß ich, daß du nicht lügst?“ fragte Feder-Schlange mißtrauisch.

„Ich bin normalerweise ein grundehrlicher Mensch“, antwortete der Professor.

Die Prinzessin zog verächtlich die Mundwinkel nach unten. „Ich verstehe zwar vieles nicht, was hier passiert, aber Blitz-Schleuder wird dich für alles zur Rede stellen, verlaß dich drauf.“

„Wer ist Blitz-Schleuder?“ fragte Professor Ambrosius.

Feder-Schlange funkelte ihn an. „Mein Bräutigam, der Herrscher von Tikal.“

„Was weißt du über Blitz-Schleuder, Archie?“ fragte Michael und sprang in die Zeitmaschine.

„Bin ich etwa ein Lexikon?“ maulte der Computer. „Ich habe es satt, ständig über irgendwelche prominenten Leute Auskunft geben zu müssen. Warum fragt ihr nicht mal den Pressedienst?“

„Archie, bitte“, bettelte Michael. „Mach kein Theater. Es reicht, wenn wir diese Zimtzicke am Hals haben. Wir stehen schon mit einem Bein im Abenteuer. Ein paar Informationen über Blitz-Schleuder wären sehr hilfreich.“

„Na gut.“ Archie ließ sich erweichen. „Ich schau’ mal nach.“ Ein paar Sekunden später verkündete er: „Ich kann leider nichts über eine Persönlichkeit namens Blitz-Schleuder finden. Entweder ist es nicht der richtige Name, oder er hat keine wichtige Rolle in der Geschichte gespielt.“

„Vielleicht konnte er nicht berühmt werden, weil er bald nach der Heirat mit Feder-Schlange Selbstmord begangen hat“, überlegte Michael.

„Sei nicht so gehässig, Michael“, mahnte der Professor.

Feder-Schlange hatte kein Wort von der Zwiesprache zwischen Michael und Archie verstanden, denn die beiden hatten sich auf Deutsch unterhalten. Sie begriff nur, daß da noch jemand redete, den sie nicht sehen konnte.

„Warum versteckt sich der andere Mann?“ wollte sie wissen.

„Archie ist kein Mann, sondern ein Computer“, erklärte der Professor. „Ein künstliches Geschöpf, das nicht aus Fleisch und Blut besteht, sondern aus elektronischen Bauteilen.“

Feder-Schlange warf einen mißtrauischen Blick auf das Armaturenbrett. Heike merkte, daß die Prinzessin Angst hatte, es aber nicht zeigen wollte. Daß Feder-Schlange Furcht kannte, machte sie etwas sympathischer.

Zögernd nahm die Prinzessin auf einem der Sitze Platz. Thomas und der Professor lockerten ihren Griff, behielten Feder-Schlange aber im Auge. Es war ihr zuzutrauen, daß sie losstürzte und versuchte, das Armaturenbrett zu zertrümmern. Nicht auszudenken, was dann geschehen konnte!

„Es ist in deinem eigenen Interesse, wenn du dich von jetzt an vernünftig benimmst“, sagte der Professor streng. „Eine Reise durch die Zeit ist nicht ganz ungefährlich.“

Feder-Schlange machte ein gleichgültiges Gesicht. Als die Einstiegsluke zuglitt, ohne daß jemand die Tür berührt hatte, zuckte die Prinzessin zusammen, aber sie sagte nichts.

„Okay, Archie, es kann losgehen“, befahl der Professor. „Auf nach Tikal!“

„Sehr wohl“, erwiderte der Computer.

Die Maschine begann zu dröhnen. Feder-Schlange blickte sich gehetzt um. Vor den Fenstern verschwand der Garten. Draußen wallte der weiße Nebel des Zeitstroms. Auf dem Bildschirm erschien die Zeitansage. Die Ziffern liefen in rasender Folge rückwärts.

„Es ist das seltsamste Gefährt, das ich kenne“, murmelte Feder-Schlange, aber ihre Nase war ein wenig blasser geworden.

„Man hat auch nicht alle Tage Gelegenheit mit einer Zeitmaschine zu fahren“, gab Michael zurück. „So eine Maschine gibt es auf der ganzen Welt nur einmal.“

Wenn Feder-Schlange beeindruckt war, dann ließ sie sich nichts anmerken.

„Ich hoffe nur, daß wir Frau Schneider wiederfinden“, sagte Heike.

„Wenn meine Vermutungen stimmen, dann hat sie Feder-Schlanges Platz eingenommen“, antwortete der Professor.

„Und wenn nicht?“

Professor Ambrosius seufzte. „Daran denke ich lieber nicht.“

„Wer ist Frau Schneider?“ fragte Feder-Schlange.

„Eine sehr liebe Frau“, betonte der Professor. „Sie ist in dem Moment verschwunden, als du bei uns aufgetaucht bist.“

„Ist sie deine Frau?“

„Ich bin nicht mit ihr verheiratet, wenn du das wissen willst. Trotzdem werde ich sie sehr vermissen, wenn sie nicht mehr da ist.“

„Jetzt gibt er es endlich mal zu, wie sehr er an Frau Schneider hängt“, flüsterte Michael seiner Schwester zu. „Sonst tut er immer so, als sei sie ihm total gleichgültig. Alles nur Bluff! Na warte, das erzählen wir ihr aber bei nächster Gelegenheit!“

„Zuerst müssen wir sie finden“, meinte Heike.

Bei der Zahl 751 blieb die Zeitanzeige stehen.

„Wir sind da“, verkündete Archei. „Nach meinen Berechnungen müßte dies der richtige Zeitpunkt sein, an dem der Austausch stattgefunden hat.“

„Hoffentlich hast du dich nicht verrechnet“, murmelte Professor Ambrosius.

„Ich verrechne mich nie“, protestierte Archie. „Wenn das Ergebnis nicht stimmt, dann liegt es daran, daß die Informationen, die ich von Ihnen bekommen habe, zu ungenau waren.“

„Gut, gut, schieb den Schwarzen Peter ruhig wieder mir zu“, brummte der Erfinder verärgert. „Einer muß ja schuld sein, wenn's nicht klappt.“

Er warf einen Blick aus dem Fenster. Draußen herrschte grünliches Dämmerlicht. Die Zeitmaschine war mitten im Dschungel gelandet. Es war keine Menschenseele zu sehen.

„Keine Anzeichen einer Stadt“, stellte der Professor fest. „Keine Gebäude, keine Mauern, ja nicht einmal ein Weg. Das soll Tikal sein? Ich sehe nur Bäume und Blätter!“

Feder-Schlange lachte spöttisch auf. Michael schaute die Prinzessin wütend an.

„Ich versteh' nicht, daß du so schadenfroh sein kannst. Du hängst doch genauso drin.“ Er tippte sich an die Stirn. „Wenn *wir* dich nicht zurückbringen, dann schafft es keiner, du –“ Michael verkniff sich gerade noch den Ausdruck „Mistbiene“, weil der Professor ihn warnend ansah.

„Wir befinden uns in der unmittelbaren Nähe von Tikal“, erklärte Archie. „Der Austausch muß ungefähr an dieser Stelle stattgefunden haben.“

„Hm, vermutlich haben wir dann nicht exakt den richtigen Zeitpunkt erwischt.“ Professor Ambrosius rieb sich nachdenklich das Kinn. „Nun, vielleicht ist es gar nicht so schlecht, wenn wir das letzte Stück nach Tikal zu Fuß gehen. Die Zeitmaschine würde vielleicht nur unangenehm auffallen.“

„Wenigstens können wir den Vogel freilassen“, meinte Heike. Sie schaute sorgenvoll auf den Käfig. „Der Ärmste!“

Die Einstiegsluke glitt auf. Heike und Michael trugen den Käfig hinaus und nahmen das Oberteil ab. Der Vogel blieb einen Moment hocken, ohne sich zu rühren. Doch dann nahm er die veränderte Umgebung wahr. Den Dschungel kannte er, diese Welt war ihm vertraut. Mit einem schrillen Schrei schwang er sich in die Höhe. Wie ein schillernder Edelstein flog er durch die Luft und verschwand im üppigen Grün des Urwalds.

„Puh“, sagte Michael, „wenigstens einer, der wieder glücklich ist.“

„Hoffentlich.“ Heike beschirmte ihre Augen, aber sie konnte den Vogel nicht mehr entdecken.

Inzwischen waren die anderen ausgestiegen. Professor Ambrosius und Thomas hielten Feder-Schlange links und rechts fest, was der Prinzessin sichtlich nicht paßte.

„Laßt mich los! Ich kann sehr gut allein gehen!“

„Das bezweifeln wir gar nicht. Es ist nur eine Vorsichtsmaßnahme“, erklärte der Professor. „Wir möchten nicht, daß du uns auf den letzten Metern verlorengehst.“

„Und außerdem könntest du stolpern und dir das Knie aufschlagen“, ergänzte Michael. „Blitz-Schleuder wäre bestimmt nicht begeistert davon, eine Braut mit blutigen Knien zu empfangen, oder?“

„Deine Frechheiten werden dir noch vergehen“, zischte Feder-Schlange ihn an, aber Michael zuckte nur mit den Achseln. Er trug den Hamsterkäfig in die Zeitmaschine zurück.

„Fertig?“ fragte der Professor. „Dann schick die Zeitmaschine in die fünfte Dimension. Dort ist sie sicher aufgehoben. Du weißt, welche Tastenkombination du drücken mußt?“

„Klar doch.“ Michael zog die Fernbedienung aus der Tasche und tippte einige Zahlen ein. Gleich darauf lösten sich die Umrisse der Zeitmaschine auf, und das Gefährt verschwand.

„Ich versteht zwar nicht, wie du es gemacht hast, aber es ist ein guter Trick“, sagte Feder-Schlange spitz.

„Das war kein Trick, sondern total echt", widersprach Michael. „Die Zeitmaschine ist wirklich weg, und du kannst sie nur mit der Fernbedienung wieder herbeiholen."

„Wuff", bellte Moorteufel. Es klang wie eine Bestätigung.

„Na also", meinte Michael. „Er sagt es auch."

Der Hund wedelte mit dem Schwanz. Er fand die Gerüche des Dschungels aufregend und wäre am liebsten gleich losgepirscht, um die interessantesten Fährten zu erkunden. Thomas kannte die Anzeichen.

„Bleib schön bei uns, Moorteufel. Der Dschungel kann gefährlich sein. Da gibt's bestimmt 'ne Menge Schlangen und anderes nettes Getier."

Moorteufel setzte sich auf die Hinterpfoten und winselte leise. „Okay, wenn du mich verstanden hast, dann ist es ja gut", sagte Thomas.

„So, meine Prinzessin", begann der Professor. „Archie hat behauptet, wir seien ganz in der Nähe von Tikal. Bist du so liebenswürdig und zeigst uns den Weg?"

„Liebenswürdig", wiederholte Michael leise und verschluckte sich beinahe.

„Du Froschauge, wie soll ich den Weg wissen, wenn ich noch nie hier gewesen bin?" schnaubte Feder-Schlange. „Es ist mein erster Besuch in Tikal."

„Oh, das ändert die Sachlage natürlich", meinte der Professor. „Dann ist Blitz-Schleuder also bei euch in Copan gewesen und hat dich als Braut auserwählt?"

„Wir haben einander noch nie gesehen", fauchte Feder-Schlange. „Mein Onkel Rauch-Muschel hat mit Blitz-Schleuder Botschaften ausgetauscht. Blitz-Schleuder weiß, daß ich kommen werde, und er ist bereit, den gläsernen Schädel –" Sie schlug sich auf den Mund und verstummte.

Michael aber war hellhörig geworden.

„Das ist das zweite Mal, daß du einen gläsernen Schädel erwähnst. Was ist damit?"

„Ich glaube nicht, daß euch das etwas angeht", lautete Feder-Schlanges schnippische Antwort.

„Wenn er keine besondere Bedeutung hat, dann kannst du uns doch ruhig davon erzählen“, gab Michael zurück.

„Mögen dir wegen deiner Neugier die Ohren abfallen!“ Feder-Schlange ärgerte sich sichtlich darüber, daß sie sich mit dem gläsernen Schädel verplappert hatte.

Michael wurde klar, daß der Schädel aus irgendeinem Grund sehr wichtig sein mußte. Er nahm sich vor, das Geheimnis herauszufinden.

Während sie sich mühsam durchs Dickicht kämpften, flüsterte er Heike zu: „Freiwillig erzählt sie uns bestimmt nichts über den gläsernen Totenkopf. Aber mir fällt sicher noch was ein, wie ich sie ausquetschen kann. Vielleicht kann ich sie mal hypnotisieren oder so.“

Typisch Michael! Heike tippte sich an die Stirn. „Überschätz dich bloß nicht!“

Michael streckte ihr die Zunge heraus. „Immer, wenn ich eine Idee habe, findest du sie blöd.“

„Du hast eben auch haufenweise *blöde* Ideen“, gab Heike zurück.

Michael zog es vor, sich nicht weiter mit ihr zu streiten. Außerdem erforderte der Dschungel die ganze Aufmerksamkeit. Das Gestrüpp schien immer dichter zu werden.

„Puh, das ist ja noch schlimmer als das Zeug in unserer Küche“, stellte Michael fest und löste eine Ranke, die sich in sein T-Shirt verkrallt hatte.

„Ich überlege gerade, ob es so günstig war, daß wir die welken Pflanzen einfach auf den Komposthaufen geworfen haben“, sagte Heike und machte ein nachdenkliches Gesicht. „Wenn in der Zwischenzeit die Botaniker wiederkommen ...“

„Die kommen nicht wieder“, sagte Michael aus Überzeugung. „Onkel Ambrosius hat sie gründlich vergrault. Die sind restlos bedient.“

„Hoffentlich hast du recht.“ Heike versuchte, ihre Sorgen

beiseite zu schieben. Viel wichtiger war es, daß sie Frau Schneider wiederfanden.

Der Weg durch den Dschungel kam ihnen unendlich lang vor. Bisher gab es noch keine Anzeichen dafür, daß Menschen in der Nähe lebten.

„Wenn Archie wieder Mist gebaut hat, dann verschrottete ich ihn endgültig“, schimpfte der Professor, blieb stehen und wischte sich den Schweiß von der Stirn. Verärgert schlug er nach einer Mücke, die um ihn herumsummte. „Sollen wir nach links oder nach rechts gehen? Es ist möglich, daß wir in dieser Wildnis ganz dicht an einer Stadt vorbeilaufen, ohne sie zu entdecken.“

„So eine prächtige Stadt wie Tikal ist nicht zu übersehen“, bemerkte Feder-Schlange.

„Na hoffentlich“, entgegnete Professor Ambrosius.

„Moorteufel hat eine wahnsinnig feine Nase und riecht am ehesten, wo Menschen sind“, meinte Thomas. „Wenn er vorausläuft, kann er uns vielleicht nach Tikal führen.“

„Oder er führt uns zum nächsten Kaninchenbau und jagt achtzehn Kaninchen aus dem Loch“, brummte der Professor.

Michael sah, wie Feder-Schlange leicht zusammenzuckte, aber die Prinzessin sagte nichts.

„Gut, wenn du deinem Hund klarmachen kannst, was wir von ihm wollen, dann schicke ihn ruhig los“, fuhr der Erfinder fort. „Das ist noch immer besser, als ziellos durch den Dschungel zu irren.“

Thomas kniete sich nieder und redete eine Weile auf den Hund ein. Moorteufel spitzte aufmerksam die Ohren, wedelte mit dem Schwanz und sauste dann los.

Die Zeitreisenden folgten ihm so rasch wie möglich, um ihn nicht aus den Augen zu verlieren. Trotzdem war Moorteufel auf einmal verschwunden. Thomas rief nach dem Hund. Es dauerte eine ganze Weile, bis Moorteufel Antwort gab. Sein Gebell klang aufgeregt.

„Er muß etwas gefunden haben“, stellte Thomas fest. „Los, ihm nach!“

Tikal, die Dschungelstadt

„Meine Arme sind völlig verkratzt“, beschwerte sich Michael. „Und die blöden Mücken haben anscheinend auch gewettet, wer mich zuerst kaputt pieksen kann.“ Er verzog das Gesicht. „Gräßlicher Dschungel, gräßlicher! Ich hab’ genug davon. Warum nehmen wir nicht die Zeitmaschine? Die ist wenigstens mückendicht!“

„Komm“, drängte Heike. „Die anderen sind schon voraus. Ich hab’ ein ungutes Gefühl, wenn Onkel Ambrosius mit Feder-Schlange allein ist.“

Michael nickte. „Klar, der Ziege ist nicht zu trauen.“ Er und Heike waren die letzten. Michael hinkte seiner Schwester hinterher. Eine stachelige Ranke hatte sich durch seinen Turnschuh gebohrt. Michael hatte sie zwar entfernt, trotzdem hatte er das Gefühl, daß der Dorn noch in seinem Fuß saß. Doch jetzt war keine Zeit, die Sache näher zu untersuchen. Thomas war weit voraus, um Moorteufel einzuholen.

Plötzlich ertönte ein Schrei.

„Onkel Ambrosius“, stieß Heike aus und begann zu rennen. Sie stolperte über eine Schlingpflanze und stürzte. Michael zog seine Schwester wieder auf die Beine.

„Das war Onkel Ambrosius, der gerufen hat“, keuchte Heike. „Ich bin ganz sicher. Es war seine Stimme.“

Sie rannten weiter. Nach ungefähr fünfzig Metern entdeckten sie den Professor. Er lehnte mit dem Rücken an einem Baumstamm und preßte ein Taschentuch gegen seine Nase.

Heike erbleichte. „Bist du verletzt?“

„Feder-Schlange hat mir einen Schlag auf die Nase versetzt, dann ist sie weggelaufen“, antwortete der Erfinder. Seine Worte kamen undeutlich unter dem Taschentuch hervor.

„So ein Aas“, entfuhr es Michael.

„Schaut mal, ob ihr irgendwo meine Brille findet“, schniefte der Erfinder. „Sie ist mir wieder mal von der Nase geflogen und muß hier irgendwo sein. Paßt auf, daß ihr nicht auf sie tretet.“

Michael zögerte. „Sollen wir Feder-Schlange nicht nachlaufen?“

Professor Ambrosius winkte matt mit der Hand. „Im Moment kann ich gut auf ihre Gegenwart verzichten. Ich glaube, sie findet sich hier im Dschungel besser zurecht als wir.“

„Du blutest ja“, stellte Heike bestürzt fest.

„Denkst du, ich halte mir das Taschentuch nur zum Spaß vors Gesicht?“ Der Professor stöhnte. „Ich kann froh sein, wenn mir Feder-Schlange nicht das Nasenbein gebrochen hat.“

„Armer Onkel Ambrosius“, sagte Heike voller Mitleid.

„Würdet ihr jetzt bitte meine Brille suchen?“ wiederholte

der Erfinder. „Ohne das Ding bin ich ziemlich hilflos. Und gerade jetzt ist der Durchblick wichtig."

Zuerst schien die Suche aussichtslos zu sein. Wie sollte man in dem Gewirr von Blättern und Stengeln bloß eine Nickelbrille entdecken?

„Du solltest dir angewöhnen, auf Zeitreisen deine Ersatzbrille mitzunehmen", murmelte Michael, während er auf den Knien am Boden herumrutschte. „Die Brille finden wir nie."

Doch da hielt Heike sie triumphierend hoch. „Ich hab' sie." Der Draht war ein wenig verbogen, aber sonst war die Brille heil.

„Tausend Dank." Der Professor setzte die Brille auf. Seine Nase hatte inzwischen aufgehört zu bluten. Vorsichtig befühlte er das Nasenbein und zuckte zusammen.

„Tut furchtbar weh, aber ich glaube, es ist noch einmal gutgegangen." Er preßte zornig die Lippen zusammen. „Ich habe mich nur nach Feder-Schlange umgedreht, um ihr zu sagen, daß sie sich vor diesen Dornen hier in acht nehmen soll. Da hat sie einfach zugeschlagen und ist seitlich ins Gebüsch gerannt. Im ersten Augenblick habe ich Sternchen gesehen."

Er hielt den Kopf schief und lauschte. Moorteufel bellte noch immer. Gleichzeitig erklang Thomas' Rufen.

„Hallo, wo seid ihr? Ich bin hier bei Moorteufel! Hallo, hört ihr mich?"

Michael formte die Hände zu einem Trichter. „Wir kommen gleich", brüllte er zurück.

„Jetzt habe ich nicht nur eine kaputte Nase, sondern bin auch noch taub", stöhnte Professor Ambrosius. „Oh, auf welches Abenteuer habe ich mich da bloß wieder eingelassen!"

„Kannst du laufen?" fragte Heike besorgt.

„Habe ich mir etwa den Fuß gebrochen?" schnaubte der Erfinder und schüttelte Heike ab, die ihn stützen wollte. „Danke, es geht allein."

Mit leicht gebeugtem Oberkörper und grimmiger Miene folgte er dem schmalen Pfad, den Thomas hinterlassen hatte.

Michael und Heike tauschten einen Blick, dann gingen sie hinter Professor Ambrosius her.

Thomas stand neben Moorteufel, der aufgeregt mit dem Schwanz wedelte.

„Da drüben zwischen den Bäumen sind Mauern", verkündete der Junge und zeigte mit dem Arm in die Richtung. „Vielleicht gehören die Gebäude zu Tikal." Jetzt fiel ihm auf, daß Feder-Schlange nicht mehr bei ihnen war. „Nanu, wo habt ihr denn die Prinzessin gelassen?"

„Die Dame ist ausgebüchst", verkündete Michael.

„Nachdem sie erst getestet hat, wie stabil meine Nase ist", ergänzte der Professor.

„Oh", entfuhr es Thomas.

„Wir vermissen Feder-Schlange überhaupt nicht", betonte Michael. „Auf solche Giftschnepfen können wir verzichten."

„Ich nehme an, Feder-Schlange wird versuchen, auf eigene Faust in die Stadt zu gelangen", sagte der Professor. „Es ist nicht weit, deswegen mache ich mir eigentlich auch keine Sorgen um sie."

„Wäre auch noch schöner", regte sich Michael auf. „Erst bringt sie dich halb um, und dann hast du auch noch Mitleid mit ihr!"

„Es ist natürlich Pech, daß Feder-Schlange uns so verabscheut", meinte der Erfinder. „Stünde sie auf unserer Seite, wäre es für uns viel leichter, Frau Schneider wiederzufinden."

„Auf Feder-Schlanges Hilfe können wir gut verzichten", brummte Michael. Er faßte zusammen: „Mich hat sie geohrfeigt, Thomas aufs Kreuz gelegt und dir fast die Nase zerschmettert. Eine reizende Person, wirklich. Nur Heike ist ungeschoren davongekommen." Er warf seiner Schwester einen Blick zu.

„Kann ich etwas dafür?" Heike fühlte sich angegriffen.

„Ihr braucht euch jetzt wirklich nicht deswegen zu zanken“, mischte sich der Professor ein. „Oder seid ihr von Feder-Schlanges Streitsüchtigkeit angesteckt worden?“

„Ich nicht“, antwortete Michael.

„Ich auch nicht“, verteidigte sich Heike. „Aber alles lasse ich mir nicht gefallen. Und wenn Michael so blöd daherredet –“

„Ich habe nicht blöd geredet, sondern nur Tatsachen aufgezählt.“

„Meinetwegen könnt ihr hierbleiben“, stoppte der Professor die Auseinandersetzung. „Ich gehe jedenfalls jetzt weiter und versuche, mich in Tikal unauffällig umzuhören, ob man dort etwas über Frau Schneider weiß.“

„Unauffällig“, spottete Michael. „In unseren Klamotten fallen wir auf wie ein bunter Hund.“

„Wenn sie anders gewesen wäre, hätte uns Feder-Schlange dabei helfen können, uns passende Kleider zu beschaffen“, meinte Heike.

„Wenn, wenn, wenn“, schnaubte der Erfinder. „Es ist nun mal so und nicht anders. Außerdem wäre es mir lieb, wenn ihr Feder-Schlange nicht ständig erwähnen würdet.“

„Ich will auch nicht dauernd an sie erinnert werden.“ Michael schüttelte sich.

„Los, kommt“, drängte Professor Ambrosius. „Wir wollen endlich nach Tikal. Benehmt euch anständig, und wenn euch jemand fragt, dann sind wir Reisende, die von der Schönheit Tikals gehört haben und die Stadt mit eigenen Augen sehen möchten. Alles klar?“

„Klar“, echoten die anderen.

Wenig später stießen sie auf einen schmalen Pfad, der in Richtung Stadt führte. Moorteufel wedelte aufgeregt mit dem Schwanz und war fast nicht mehr zu bremsen.

„Nicht so schnell“, keuchte Thomas. „Du hast vier Beine und wir nur zwei.“

„Hier ist ein Fußabdruck“, stellte Michael fest und zeigte auf eine Spur im Schlamm. Der Abdruck zeigte eine Sohle mit einer etwas schiefliegenden großen Zehe. Die Spur sah recht frisch aus.

„Gut, dann können wir wenigstens sicher sein, daß wir in Tikal jemanden antreffen", meinte Professor Ambrosius.

Heike war schon weitergegangen und erkannte jetzt überall im Dschungel Hütten und Häuser. „Dort, dort und dort! Wir sind schon mitten in der Stadt!"

„Also gibt es keine Stadtmauer", brummte der Professor. „Um so besser. Die Leute hier haben anscheinend keine Angst davor, daß plötzlich Fremde bei ihnen in der Küche stehen."

Noch war der Urwald links und rechts ziemlich dicht, aber es gab jetzt immer öfter freigeschlagene Flächen. Heike fühlte, wie ihr Herz klopfte. Nicht mehr lange, dann würden sie auf Menschen stoßen! Welchen Empfang man den Zeitreisenden wohl bereitete?

„Ich hab' das Gefühl, die gucken schon alle heimlich aus den Ritzen", verkündete Michael, als sie weitergingen. „Ich spür' das. Überall piekst es wie Nadelstiche. Die beobachten uns von ihren Häusern aus, und auf einmal kommen sie alle raus und stürzen sich auf uns."

„Du spinnst", entgegnete Heike, doch auch sie kam sich vor wie auf dem Präsentierteller. Sie fühlte sich unbehaglich. Und was, wenn man sie tatsächlich angreifen würde? Sie besaßen nichts, womit sie sich verteidigen konnten.

Als hätte der Professor ihre Gedanken gelesen, sagte er: „Wenn sie uns anfallen, dann hilft nur die rasche Flucht mit der Zeitmaschine." Er steckte die Hand in die Hosentasche, um die Fernbedienung griffbereit zu halten. „Ich hoffe allerdings, daß es nicht nötig sein wird. Setzt freundliche Gesichter auf, damit die Stadtbewohner sehen, daß wir in friedlicher Absicht kommen."

„Lächeln!" forderte Michael die anderen auf. „Mundwinkel nach oben! Stellt euch vor, es tauchen gleich Leute vom Fernsehen auf, die uns filmen wollen!"

„Du bist gut“, spottete Heike. „Mir ist nicht nach Lachen zumute. Wenn hier alle Menschen so sind wie Feder-Schlange ...“

„Das hoffen wir doch nicht“, entgegnete der Professor. „Wenn sie sich gegenseitig ständig die Augen auskratzen, dann müßte die Stadt logischerweise schon längst ausgestorben sein.“

Sie gingen vorsichtig weiter. All ihre Sinne waren angespannt. Sie erwarteten jeden Moment, daß sich ihnen jemand in den Weg stellen würde. Noch immer war kein Mensch zu sehen. Auf einer Mauer aus grauen Steinen hockte ein großer, zerrupfter Vogel, der mißtrauisch zu ihnen herunterschielte.

„Vielleicht *ist* die Stadt schon ausgestorben“, murmelte Michael.

„Seid mal leise“, befahl der Professor und machte Handzeichen, daß die Gruppe stehenbleiben sollte. Er lauschte. „Ich glaub', ich hör' was!“

„Flöhe husten?“ fragte Michael.

„Ich höre auch etwas“, bestätigte Heike und blitzte ihren Bruder ärgerlich an. „Du solltest dir mal wieder deine Ohren waschen.“

„Es ist Gesang“, ergänzte Thomas. „Klingt wie ein Choral.“

„Vielleicht singt auch der Tikaler Kinderchor“, meinte Michael. Diese Bemerkung trug ihm einen Rippenstoß von Heike ein.

„Du kannst nie ernst sein“, beschwerte sie sich. „Egal, wie gefährlich die Situation ist, du mußt immer deine dummen Witze reißen. Glaubst du, jemand findet sie lustig?“

„Mir egal.“ Michael zuckte mit den Achseln.

„Wir gehen dem Gesang nach“, bestimmte der Professor. „Vielleicht feiert die Bevölkerung von Tikal ein Fest.“

„Oh prima, dann gibt's vielleicht Currywurst“, sagte Michael.

„Oder sie *machen* aus dir Currywurst“, bemerkte Heike.

Professor Ambrosius schien mit seiner Vermutung recht zu haben. Je weiter sie in die Stadt kamen, desto lauter wurde der Gesang. Die Pfade wurden breiter und waren zum Teil gepflastert. Der Urwald war zurückgedrängt worden. Die strohgedeckten Häuser standen dichter beieinander. Jetzt sahen die Zeitreisenden auch Pyramiden und andere hohe Gebäude aus grauen Steinen.

„Ist ja riesig, dieses Tikal", staunte Heike.

„Eine Großstadt – mitten im Urwald." Professor Ambrosius schüttelte den Kopf. „Nicht zu fassen. Woher kommen all die Steine? Wer hat diese prächtigen Gebäude gebaut?" Voller Bewunderung glitt sein Blick an einer Pyramide empor. Er verrenkte sich beinahe den Nacken. „Wozu dieses Bauwerk wohl dient?"

„Achtung", zischte Michael.

Drei bemalte Maya-Krieger, mit Speeren und Schildern ausgerüstet, standen plötzlich vor ihnen. Sie schienen aus dem Nichts gekommen zu sein.

„Wer seid ihr, und was wollt ihr?"

„Wenn ihr Händler seid, wo habt ihr eure Waren?"

„Seid ihr Diebe? Kommt ihr, um die Häuser auszuplündern, während die Bevölkerung den Göttern huldigt?"

Bevor die Zeitreisenden reagieren konnten, richtete sich eine Speerspitze auf Thomas' Brust. Es blieb auch keine Zeit mehr, die Fernbedienung hervorzuholen und mit der Zeitmaschine zu fliehen.

„Rede! Oder verstehst du unsere Sprache nicht?" forderte einer der Krieger Thomas auf.

„Dddoch", antwortete dieser erschrocken und starrte auf die bedrohliche Speerspitze, die bereits ein Loch in sein T-Shirt gebohrt hatte.

„Sag schnell: Was wollt ihr hier in Tikal?"

„Wir ... äh ... wir wollten nur die Stadt anschauen", stammelte Thomas.

„Du lügst", stellte der Maya-Krieger fest, der ihm den Speer an die Brust hielt. „Deine Augen haben einen

Schleier, und dein Blick ist unaufrichtig. Sag die Wahrheit, sonst wird dein Kopf in den Sand rollen."

Thomas schluckte. Es war bestimmt keine leere Drohung. Bevor er antworten konnte, kam ihm der Professor zu Hilfe.

„Nun gut, nachdem ihr uns einen so freundlichen Empfang bereitet, möchten wir unseren Aufenthalt in Tikal möglichst kurz gestalten. Wir wollen euer Fest gar nicht stören. Wir sind hier, weil wir eine Frau suchen."

Einer der Maya-Krieger verzog sein Gesicht zu einem spöttischen Grinsen. „Eine Frau für dich?"

„Wir suchen eine bestimmte Frau", stellte Professor Ambrosius richtig. „Sie heißt Anna Schneider. Sie ist etwa so groß –", er deutete die Größe mit der Hand an, „– hat graue Haare mit Dauerwellen und ... ja, äh ..." Er krauste seine Stirn und versuchte sich zu erinnern, welche besonderen Merkmale die Haushälterin außerdem noch besaß. „Lieber Himmel, weiß einer von euch, was sie angehabt hat, bevor sie heute morgen verschwunden ist?"

„Du hast sie doch das letzte Mal gesehen", wandte sich Heike an ihren Bruder. Sie konnte nicht verhindern, daß ihre Knie zitterten. Die Maya-Krieger sahen sehr grimmig aus. Die blutrot bemalten Wangen und die geschminkten Augen leuchteten wie die Warnfarben eines Schmetterlings. Es war schwierig, die Mienen der Männer zu erkennen. An den oberarmen, die mit bunten Schnüren verziert waren, traten die Muskeln stark hervor, was auf entsprechendes Krafttraining schließen ließ.

Michael dachte nach. Welche Kleidung hatte Frau Schneider nur getragen? Auf solche Sachen achtete er nie. Eigentlich eine Schande, denn auf diese Weise würde er einen lausigen Detektiv abgeben. Er biß die Zähne zusammen und strengte sein Gedächtnis an. War es ein rosafarbener Jogging-Anzug gewesen? Oder der grüne Rock mit der fürchterlichen Blümchenbluse?

„Sie trug eine rote Hose und ein T-Shirt mit breiten blauen Querstreifen", erinnerte sich Thomas.

„Bist du sicher?“ fragte Heike nach.

Thomas bestätigte es. Deutlich stand ihm vor Augen, wie Frau Schneider nach dem Streit mit dem Professor die Treppe heruntergekommen war. Vielleicht war es die Speerspitze, die seinem Gedächtnis auf die Sprünge half.

„Ja, ich glaube, es stimmt“, murmelte der Erfinder. „Also – die gesuchte Frau trägt Hosen wie wir“, er deutete auf seine Beine, „aber in Rot. Ihr Hemd ist blau gestreift.“

„Und sie hat goldene Ohrstecker mit einer Perle“, fügte Heike hinzu. Das wußte sie deswegen so genau, weil Frau Schneider am Abend zuvor erst einen von ihren Steckern verzweifelt gesucht hatte. Heike hatte das vermißte Schmuckstück dann in der Obstschale gefunden.

„Wir kennen niemanden, auf den eure Beschreibung paßt“, sagte der mittlere der Maya-Krieger. Die beiden anderen bestätigten es.

„Aber sie muß hier sein“, widersprach der Professor in einem Anflug von Verzweiflung.

„Warum bist du so sicher?“ hakte der rechte Krieger gleich nach. Jetzt richtete sich auch eine Speerspitze auf den Erfinder. „Woher hast du Nachrichten aus Tikal? Wer ist dein Verbindungsmann?“

„Nie-niemand“, stotterte der Professor. Er spürte die kalte Spitze bereits auf seiner Haut. Das war zuviel. Erst die Prügel von Feder-Schlange und dann auch noch ein Speer! Er zitterte am ganzen Leib und schloß entnervt die Augen, um sie gleich darauf wieder zu öffnen. Die Männer sahen gefährlicher aus als zuvor. Kalter Schweiß trat auf seine Stirn.

Der Maya-Krieger bemerkte seine Schwäche und drang noch mehr auf ihn ein. „Rede! Seid ihr Spione? Welche Funktion hat die Frau, die ihr sucht? Plant ihr ein Attentat auf unseren Herrscher Blitz-Schleuder? Oder wollt ihr den Königsschatz rauben?“

„Nichts davon“, haspelte der Erfinder und wich zurück.

„Wollt ihr Unfrieden stiften? Die Leute aufwiegeln? Unruhe schüren?“

„Nein, nein!“
„Was dann?“
„Autsch!“ Der Professor stieß mit dem Rücken gegen eine Steinmauer. Der Maya-Krieger hatte sich direkt vor ihm aufgebaut. Der Erfinder roch den Schweiß. Ihm wurde beinahe übel. Wenn ihm nicht bald etwas einfiel, dann war es schlecht um die Zeitreisenden bestellt.
„Ich hab' es bereits gesagt“, stammelte er. „Wir waren äh … unterwegs durch den Wald, als … äh …“
„Als was?“
„Als uns Frau Schneider abhanden gekommen ist“, antwortete Professor Ambrosius. „An ihrer Stelle war eine Maya-Prinzessin da. Sie nannte sich Feder-Schlange und stammte angeblich aus Copan.“ Er holte tief Luft. „Ich habe nie zuvor etwas von einem Ort dieses Namens gehört. Feder-Schlange behauptete außerdem, nach Tikal zu reisen, um Blitz-Schleuder zu heiraten. Warum Feder-Schlange plötzlich bei uns war und was mit Frau Schneider passiert ist, wissen wir nicht. Wir haben auch keine Ahnung, warum der Austausch zustande gekommen ist.“ Er fügte mit salbungsvoller Stimme hinzu: „Vielleicht war es der Wille der Götter.“
„Möglicherweise sind sie Auserwählte des Himmels“, meinte einer der Krieger unsicher.
„Oder Betrüger“, zischte der Mann, der den Professor in Schach hielt. „Wo ist denn diese Feder-Schlange?“ Mit dem freien Arm zog er Heike zu sich heran. Das Mädchen schrie auf. „Willst du mir erzählen, diese da sei eine Prinzessin aus Copan?“
„Ich bin keine Prinzessin!“ schnaubte Heike. Sie kämpfte gegen den Arm an. „Laß mich los!“
„Feder-Schlange gefiel unsere Gesellschaft nicht, und deswegen verschwand sie im Urwald“, berichtete der Professor. „Über kurz oder lang wird sie hier in der Stadt auftauchen. Sie wird unsere Worte bestätigen können.“
„Klingt reichlich seltsam“, bemerkte der Maya-Krieger,

der Thomas bedrohte. „Ich finde, sie reden mit Schlangenzungen. Aus ihren Mündern kommen nur Lügen!“

Die anderen Männer bestätigten es mit einem Kopfnicken.

Es herrschte eine unangenehme Pause, in der die Luft förmlich vor Spannung knisterte.

Michael äugte zu Thomas und fing dessen Blick auf. Es war, als blitzte eine Botschaft zu ihm herüber: *Wir sind vier, die anderen sind zu dritt. Außerdem haben wir Moorteufel.*

Heike wehrte sich noch immer dagegen, festgehalten zu werden. Michael blinzelte Thomas zu. Ein fast ummerkliches Senken der Augenlider war die Antwort.

Michael schoß los und hängte sich dem Mann, der Heike festhielt, an den Arm.

„Moorteufel, faß!“ befahl Thomas im gleichen Augenblick. Der Hund sprang los und fuhr dem Krieger an die Waden. Thomas und der Professor nutzten den Überraschungsmoment, um die Speere hochzudrücken und sich zu befreien. Thomas schob sein Bein zwischen die seines Angreifers und brachte den Maya-Krieger mit diesem Trick zu Fall. Michael hatte inzwischen Heike losgerissen.

„Los, lauf!“ Die Geschwister flitzten los.

Thomas kam dem Professor zu Hilfe und stellte dem Maya-Krieger ebenfalls ein Bein. Dieser hatte die List jedoch bei seinem Kameraden beobachtet und war gewappnet. Haarscharf fuhr der Speer an Thomas' Ohr vorbei. Der Professor griff den Krieger von hinten an und drehte ihm die Waffe aus der Hand.

„Gut gemacht, Ambrosius“, rief Thomas überrascht. Der Maya-Krieger versuchte, seinen Speer wiederzubekommen und rang mit dem Erfinder. Thomas sprang wie eine Klette auf den Rücken des Kriegers und warf ihn um.

„Hau ab!“ rief Thomas dem Erfinder zu. Dieser ließ es sich nicht zweimal sagen und rannte Michael und Heike hinterher. Auch Thomas gab jetzt Fersengeld. Im Laufen pfiff er nach Moorteufel. Der Hund trennte sich ungern. Es hatte ihm gerade Spaß gemacht, den Stoffgürtel des Maya-Kriegers zu zerfetzen.

Natürlich nahmen die drei Männer die Verfolgung auf. Heike und Michael hatten den größten Vorsprung. Doch da stolperte Michael und stürzte zu Boden. Heike zerrte ihren Bruder hoch. Doch dieser war unglücklich auf einen Stein gefallen.

„Mein linkes Knie!" jammerte er.

Heike erbleichte. „Kannst du laufen?"

Michael versuchte es. Es war ein mühseliges Humpeln, und er mußte die Zähne zusammenbeißen. Sie verloren wertvolle Sekunden. Die Verfolger kamen immer näher.

„Lauf allein weiter", schnaufte Michael. „Wenigstens einer von uns muß entkommen. Der kann die anderen dann mit der Zeitmaschine retten."

„Ich laß dich nicht im Stich", wehrte sich Heike.

„Renn doch endlich weg", drängte Michael. „Los, lauf! Kümmer dich nicht um mich, egal, was passiert!"

„Kommt nicht in Frage!"

Da sah Heike aus den Augenwinkeln den fliegenden Speer. Er nahm direkt Ziel auf Michael. Geistesgegenwärtig warf sie sich auf ihren Bruder und stürzte mit ihm zusammen zu Boden. Der Speer zischte knapp über sie hinweg und bohrte sich in einen Baumstamm. Im Liegen tastete Heike nach der Fernbedienung. Es gelang ihr, sie aus ihrer Hosentasche herauszuziehen, doch weiter kam sie nicht. Als sie gerade eine Zahl eintippen wollte, stellte sich ein Fuß auf ihr Handgelenk. Heike schrie vor Schmerz auf und ließ die Fernbedienung los. Zwei weitere Krieger waren den drei Männern zu Hilfe gekommen.

„So ein Mist!" Michael heulte fast. „Wir sind verloren!"

Heike sah mit angstvoll geweiteten Augen die beiden Krieger über sich. Sie waren noch scheußlicher bemalt als die ersten, falls eine Steigerung überhaupt noch möglich war.

„Hilfe!" brüllte der Professor, der inzwischen von einem

der anderen Maya-Krieger gefangen worden war. Dieser drehte ihm die Arme auf den Rücken, so daß sich der Erfinder nicht wehren konnte. Moorteufel versuchte, Professor Ambrosius frei zu beißen, doch der Krieger versetzte dem Hund einen derartigen Fußtritt, daß das Tier ein Stück durch die Luft flog. Jaulend blieb Moorteufel liegen und schaute verdutzt drein. Verletzt war er zum Glück nicht, nur maßlos erschrocken.

„Moorteufel, hierher!" rief Thomas seinem Hund zu. Der Junge war noch als einziger frei. Er hielt die Fernbedienung in der Hand, aber seine Finger zitterten so sehr, daß er kaum fähig war, die Tasten zu drücken. In der Hetze fiel ihm auch die richtige Zahlenkombination nicht mehr ein. Verflixt! Sein Gedächtnis versagte jämmerlich. Zuerst mußte er die Fünf eingeben, aber dann? Thomas drückte wahllos ein paar Tasten, in der Hoffnung, zufällig die richtige Kombination zu erwischen. Er starrte vor sich in die Luft. Natürlich tat sich nichts! Kein Flimmern, keine Zeitmaschine! Es war wie verhext!

„Ich bin ein Idiot", zischte Thomas. Er ärgerte sich über sich selbst. Warum konnte er sich nicht an die Zahlen erinnern? Er vertat die Chance! Ohrfeigen hätte er sich können!

Professor Ambrosius bemerkte die Not des Jungen. Er begriff, was los war. „Zuerst die Fünf", brüllte er. „Dann drei und –"

Der Maya-Krieger hielt ihm den Mund zu.

Thomas strömte der Schweiß übers Gesicht. Wenn er sich doch erinnern könnte! Aber er hatte ein totales Blackout. Normalerweise kannte er die Kombination auswendig. Er beherrschte sie sogar im Traum. Bloß jetzt war in seinem Kopf gähnende Leere ...

Thomas knirschte mit den Zähnen. „Das darf nicht wahr sein!" Anstatt wegzulaufen, versuchte er es immer wieder. Dann war es zu spät. Die Krieger erreichten auch ihn, schleuderten die Fernbedienung auf den Boden und nahmen ihn gefangen. Thomas sah ein, daß jeder Widerstand sinnlos war und sich seine Lage dadurch nur noch verschlimmern würde. Als einer der Krieger auf die Fernbedienung trat und das empfindliche elektronische Gerät in unzählige Bestandteile zerbarst, fühlte er fast körperlichen Schmerz. Wäre es die einzige Fernbedienung gewesen, wären die Zeitreisenden jetzt aufgeschmissen gewesen. Die Zeitmaschine befand sich in der fünften Dimension, und ohne Fernbedienung konnten die Kinder und der Professor die Maschine nicht herbeirufen. Eine Rückkehr ins zwanzigste Jahrhundert wäre ausgeschlossen gewesen …

„Was habt ihr mit uns vor?“ fragte der Professor. Er stöhnte auf, als ihm sein Bewacher die Arme noch mehr verdrehte.

„Das werdet ihr früh genug erfahren“, knurrte der Krieger. Er stieß den Erfinder in den Rücken. „Los, vorwärts. Heb deine klapprigen Beine!“

Im Gänsemarsch marschierten die Zeitreisenden durch Tikal. Pyramiden, Tempel, unfertige Bauwerke – Heike nahm alles wie im Traum wahr. Krampfhaft überlegte sie, wie sie den Kriegern entkommen konnten, doch ihr fiel nichts Vernünftiges ein. Wahrscheinlich würde man sie irgendwo einsperren. Heikes Fernbedienung hatte einer der Krieger beschlagnahmt, aber immerhin besaßen Michael und der Professor noch ihr Gerät. Damit würden sie in einem unbeobachteten Moment fliehen können.

Trotzdem hatte Heike ein ungutes Gefühl, und ihr Unbehagen vertiefte sich, je weiter sie ins Zentrum von Tikal kamen. Alle Einwohner schienen an diesem Tag die Randbezirke verlassen zu haben und sich im Mittelpunkt der Stadt zu versammeln. Festlich gekleidete Bürger säumten die Straßen. Es waren so viele, daß Heike sie nicht zählen konnte. Die meisten hatten ihre Gesichter geschminkt und ihre Arme mit bunten Bändern oder Reifen geschmückt.

„Tretet zur Seite, Leute! Wir haben Gefangene!“ brüllte einer der Krieger.

Man machte den Zeitreisenden und ihren Wärtern zögernd Platz. Neugierige Blicke streiften die Kinder und den Professor.

„Was haben sie ausgefressen?“

„Sind es Mörder oder Diebe?“

„Seht doch ihre verschlagenen Gesichter!“

„Werden sie geopfert?“

Die Krieger gaben keine Auskunft. „Aus dem Weg, Leute! Geht doch endlich zur Seite!“

Michael witterte eine Chance und rief mit weinerlicher Stimme: „Wir sind unschuldig! Wir sind harmlose Reisende und wollten Tikal sehen. Aber da –“

Er bekam von seinem Hintermann einen Schlag auf den Kopf.

„Halt die Klappe, sonst werden wir gleich mit deinem Kopf Ball spielen!“

„Gute Idee“, meinte ein anderer Maya-Krieger.

Michael ließ sich nicht so schnell einschüchtern. Er merkte, daß er das Interesse einiger Zuschauer erweckt hatte und humpelte stärker, als es wegen seines geprellten Knies nötig gewesen wäre.

„Ich bin verletzt! Sie haben uns einfach gefangengenommen! Wir werden uns wegen dieser Behandlung beschweren!“

Daraufhin erhielt er einen groben Stoß und wäre fast wieder hingefallen.

„Du kannst dich bei den Göttern beschweren, wenn du vor ihnen stehst. Aber ich bezweifle, daß sie dir überhaupt zuhören!“ höhnte sein Wächter.

Es war klüger zu schweigen. Außerdem lachten die Zuschauer nur über Michaels Bemühungen, sich zu verteidigen.

‚Blöde Bande‘, dachte der Junge gekränkt. Auf Hilfe konnten sie nicht hoffen. Die Stadtbewohner waren wahrscheinlich froh über jede Art von Unterhaltung. Aber Michael hatte keine Lust, für sie weiter den Clown zu spielen. Er machte ein hochmütiges Gesicht. Sie zwängten sich durch die Menschenmenge und gelangten zu einem großen Gebäude mit vielen Stufen.

„Da hinauf“, befahl einer der Krieger. Heike spürte, wie die Speerspitze ihren Rücken berührte. Den Zeitreisenden blieb nichts anderes übrig als zu gehorchen. Sie stiegen die breite Steintreppe hinauf. Die Treppe führte zu einer Plattform, auf der ein flaches Gebäude stand. Aus einer Türöffnung trat eine federgeschmückte Gestalt. Heike zuckte unwillkürlich zusammen. Im ersten Moment dachte sie, es sei Feder-Schlange, doch dann erkannte sie, daß es sich um einen Mann handelte.

„Wen bringt ihr?“ fragte dieser.

„Verdächtige. Wir haben sie am Stadtrand aufgelesen. Sie verhielten sich merkwürdig, erzählten lauter Lügen und versuchten zu fliehen“, antwortete einer der Krieger, den die Zeitreisenden inzwischen für den Chef hielten.

„Sie haben bestimmt irgendwelche dunklen Pläne“, ergänzte ein anderer Krieger.

„Aber es war nichts aus ihnen rauszukriegen“, murmelte der dritte.

„Kümmere du dich um sie“, befahl der erste.

Der Mann im Federmantel lächelte, aber es war kein freundliches Lächeln. Seine Augen blickten kalt und glitzerten in einer Weise, die den Zeitreisenden nicht gefiel.

„Man nennt mich nicht umsonst Wahrheit-Finder“, erklärte er. Seine Stimme war schneidend wie ein Messer. „Vor den Göttern werden sie nicht lügen können.“

Ein Schauder überrieselte Heike. Michael erbleichte.

„Du hast in solchen Dingen die meiste Erfahrung, Wahrheit-Finder“, sagte der Anführer. „Wir vertrauen dir. Tu deine Arbeit. Ich werde inzwischen dafür sorgen, daß unser ehrwürdiger Herrscher Blitz-Schleuder von der Angelegenheit erfährt.“

„Du mußt dies leider etwas verschieben.“ Wahrheit-Finder neigte leicht den Kopf. „Unser ehrwürdiger Herrscher darf im Augenblick nicht gestört werden. Er ist bei einer heiligen Zeremonie." Seine Stimme wurde leiser, so als würde er sich scheuen, die Worte auszusprechen. „Er beschwört den Geist Sturm-Himmels."

„Sturm-Himmel", wiederholte der Anführer. Der Name schien Ehrfurcht auszulösen. „Natürlich. Dann hat alles andere Zeit."

Heike und Michael wechselten einen Blick.

Wie sie es erwartet hatten, brachte man sie in ein Verlies. Es war ein finsterer Raum, in dem man sie hinabließ. Der einzige Zugang war von oben möglich, und die Öffnung wurde mit einem großen Stein geschlossen. Nur durch einen winzigen Schacht kamen etwas Licht und Luft in das Verlies.

Zuvor hatte man die Zeitreisenden durchsucht und ihnen die beiden verbliebenen Fernbedienungen abgenommen. Vermutlich hielten die Krieger die schwarzen Kästchen für eine Art Waffe. Auch die Kapseln mit den Sprachpillen wurden beschlagnahmt.

„Eine schöne Bescherung", sagte der Professor in der Dunkelheit, nachdem man die Öffnung mit dem Stein verrammelt hatte.

„Wahrscheinlich wollen sie uns aushungern, damit wir freiwillig zu reden anfangen."

Thomas untersuchte gleich die Mauern, nur um festzustellen, daß es keine Klettermöglichkeit gab. Die Wände waren zu glatt, die Steine fast fugenlos eingepaßt. Dann versuchten die Kinder, eine Spitzbubenleiter zu bilden und den Stein von unten wegzustoßen. Vergeblich! Sie reichten nicht hinauf.

„Das klappt nur, wenn wir uns alle vier aufeinander stellen", meinte Thomas.

„Kannst du vergessen", winkte Heike ab. „Der oberste ist ganz bestimmt nicht schwindelfrei. Außerdem haben wir garantiert nicht genügend Kraft, um den Stein wegzudrücken."

„Wenn sie uns wenigstens die Fernbedienungen gelassen hätten", klagte Michael. „Wer weiß, was sie jetzt damit anstellen. Sie nehmen sie vielleicht auseinander ..."

Der Erfinder seufzte tief. „Hab' ich dir schon mal gesagt, Michael, daß du die grauenhafte Angewohnheit hast, die Dinge immer von der schlimmsten Seite zu betrachten?"

„Aber es kann doch gut sein", verteidigte sich Michael. Dann schwieg er beleidigt.

„Was nun?" fragte Heike dumpf.

„Warten", gab der Professor zur Antwort. „Vielleicht legt Feder-Schlange ja ein gutes Wort für uns bei Blitz-Schleuder ein, wer weiß."

„Ha ha", machte Michael. „Das glaubst du doch selbst nicht. Die versucht uns höchstens noch zu schaden." Er hockte sich auf den Boden und zog die Beine zu sich heran. Das linke Knie schmerzte, und er hatte schlechte Laune. Alles ging wieder einmal schief!

„Dann können wir nur hoffen, daß Sturm-Himmel auf unserer Seite ist", murmelte der Professor niedergeschlagen.

„Wer?" fragte Heike nach, während sie in der Finsternis Moorteufels Fell kraulte.

„Hast du nicht gehört?" brummte der Erfinder. „Blitz-Schleuder will doch einen Geist beschwören."

„Den Geist von Sturm-Himmel", ergänzte Michael. „Wer war denn dieser Typ?"

„Keine Ahnung", ewiderte der Professor. „Archie könnte uns sicher mehr erzählen. Vermutlich handelt es sich um eine örtliche Berühmtheit. Vielleicht war Sturm-Himmel einst König von Tikal."

„Ja, und er ist von seiner Schwiegermutter vergiftet worden", spann Michael die Geschichte gleich weiter. „Mit verdorbener Currywurst. Und Sturm-Himmel findet so lange keine Ruhe im Grab, bis die Tat gerächt ist."

„Du spinnst wieder einmal", sagte Heike und tippte sich an die Stirn, was im Dunkeln aber keiner von den Zeitreisenden sah.

„Wart's ab", meinte Michael mit dumpfer Stimme. Er spähte durch die Finsternis. „Hoffentlich läßt das Gespenst uns wenigstens in Ruhe!"

Ein Geist gibt Rat

Dichter Qualm stieg aus der Weihrauchsäule empor und erfüllte den Raum. Blitz-Schleuder begann trotz seines Jaguarfells zu frösteln. Es lag nicht nur an der Kühle des Raums, sondern auch daran, daß der Herrscher viel Blut verloren hatte.

Die Zeremonie erforderte es, daß er sich mit einer Lanzette aus Obsidian selber Wunden zufügte. Ein Priester half ihm dabei und sorgte dafür, daß das Blut nicht vorzeitig gerann. Dieses Opfer mußte Blitz-Schleuder vollbringen, wenn er Sturm-Himmel beschwören wollte, jenen König, der seit dreihundert Jahren tot war.

Blitz-Schleuder fühlte sich allmählich schwummrig. Er spürte den Thron unter sich nicht mehr, sondern hatte den

Eindruck, im Raum zu schweben. Der Weihrauch verstärkte das Gefühl.

Der Qualm schien sich jetzt zu Gesichtern und Figuren zu verdichten. Blitz-Schleuders Herz klopfte schneller. Das Blut rauschte in seinen Ohren. Er wußte, daß er möglicherweise gleich bewußtlos werden würde. Er hatte jene Grenze erreicht, an der die Geister Zugang zu den Menschen fanden.

Würde Sturm-Himmel erscheinen? Würde er sich von Blitz-Schleuder beschwören lassen?

Ah-Cacaw, seinem Vater, war es gelungen. Noch jetzt sprach man in Tikal von dem Ereignis. Der große Herrscher Ah-Cacaw war bei der Bevölkerung hoch angesehen gewesen.

Ob sich der Geist auch Blitz-Schleuders Willen beugen und sich zeigen würde?

Es war ungeheuer wichtig. Wenn es gelang, dann konnte der Herrscher es als ein Zeichen ansehen, daß die Götter auf seiner Seite standen. In der letzten Zeit war sich Blitz-Schleuder nicht mehr ganz sicher, ob seine Zukunft unter einem günstigen Stern stand. Die Macht der Priester schrumpfte, und immer öfter wurde in der Bevölkerung Unzufriedenheit laut. Die Klagen über schlechte Ernährung, unzureichende Wohnverhältnisse und eine seltsame, schleichende Krankheit, die den Körper der Betroffenen aufzehrte, bereiteten Blitz-Schleuder Sorgen.

Und jetzt auch noch die Sache mit der Frau, die im Dschungel ihre Gestalt gewechselt hatte, wie ihm die Leute von Copan berichtet hatten.

Blitz-Schleuder hatte in dieser Angelegenheit strengste Geheimhaltung angeordnet. Wenn die Bevölkerung etwas von dieser Sache erfuhr, dann war er für alle Zeiten erledigt.

War es ein Dämon, der aus dem Dschungel kam? Ein Zeichen der Götter? Oder einfach ein riesiger Betrug?

Rausch-Muschel, der Herrscher von Copan, hatte ihm seine Nichte, die Prinzessin Feder-Schlange, geschickt, damit Blitz-Schleuder sie zur Frau nehmen konnte. Es war eine weite Reise von Copan bis nach Tikal. Copan lag Hunderte von Meilen im Süden. Feder-Schlange war mit zehn tapferen Begleitern in einer Sänfte gereist, und zunächst schien auch alles gutgegangen zu sein. Feder-Schlange hatte unterwegs einen Umhang und eine Maske getragen, um sich vor fremden Blicken zu schützen. Wie man Blitz-Schleuder erzählt hatte, sollte die Prinzessin sehr hübsch sein. Ob es stimmte, konnte der Herrscher nicht nachprüfen, denn er hatte Feder-Schlange noch nie mit eigenen Augen gesehen.

Unterwegs, nicht weit von Tikal entfernt, war dann etwas Schreckliches geschehen. Feder-Schlange und ihre Begleiter hatten gerade Rast gemacht. Da sahen die Männer, wie sich Feder-Schlange plötzlich verwandelte: Aus der jungen, schlanken Prinzessin mit der geschmeidigen Figur wurde eine ältliche Frau mit fremden Gesichtszügen. Sie trug ganz andere Kleidung als die Prinzessin, hatte graue Locken und faltige Haut.

Alle zehn Männer hatten die Verwandlung beobachtet. Sie hatten keine Erklärung dafür. Einstimmig hatten sie berichtet, daß es keinem von ihnen gelungen war, sich mit der fremden Frau zu unterhalten. Ganz offensichtlich verstand die Fremde kein Wort ihrer Sprache. Zuerst hatte sie ganz fürchterlich geschrien und sich wild umgeblickt, doch dann hatte sie sich anscheinend mit ihrem Schicksal abgefunden.

Blitz-Schleuder wußte nicht, was er von der Sache halten sollte. Noch nie hatte er von einer ähnlichen Begebenheit gehört. Logen die zehn Männer? Wie sollte er die Verwandlung deuten? War Feder-Schlange eine Zauberin, die ihre Gestalt wechseln konnte? Oder war das Ganze eine Prüfung, die ihm von den Göttern auferlegt wurde? Blitz-Schleuder hatte keine Ahnung, was er tun sollte. Sollte die Hochzeit wie geplant stattfinden? Aber wenn seine Braut in Wirklichkeit ein böser Dämon war?

Weil er auf all seine Fragen keine Antwort fand und auch nur seine engsten Vertrauten von seinem Problem wußten, hatte sich Blitz-Schleuder entschlossen, den Geist von Sturm-Himmel zu beschwören. Der Herrscher wollte einen Rat aus dem Jenseits, um keinen Fehler zu begehen.

Aber würde die Zeremonie gelingen? Würde seine Konzentration ausreichen? War heute überhaupt ein günstiger Tag?

Hätte Blitz-Schleuder auf seine Priester gehört, so hätte er mit der Zeremonie wenigstens bis zum nächsten Vollmond gewartet. So lange wollte sich der Herrscher aber nicht mehr gedulden. Jeder Tag Aufschub verstärkte seine Zweifel und Unsicherheit. Er hatte die fremde Frau mit jeder erdenklichen Höflichkeit aufgenommen. Solange er nicht wußte, wer oder was sie war, ließ er äußerste Vorsicht walten. Er hatte sie in die königlichen Gemächer führen lassen, es wurde gut für sie gesorgt, aber sie wurde Tag und Nacht bewacht. Wenn Blitz-Schleuder nicht gewußt hätte, was im Dschungel passiert war, hätte er sie für eine ganz normale ältere Frau gehalten. Zwar beherrschte sie nicht seine sprache, aber sie konnte reden und lächeln. Sie machte einen praktischen Eindruck und schien in keinster Weise verwöhnt zu sein.

Es war eigentlich überhaupt nichts Dämonisches oder Übernatürliches an ihr, aber schließlich konnten die zehn Männer im Dschungel keiner optischen Täuschung zum Opfer gefallen sein. Es sei denn, alles war ein einziges Komplott!

Der Nebel im Raum verdichtete sich. Der Priester hatte auch die Stoffstreifen angezündet, die mit Blitz-Schleuders Blut getränkt waren. Der rote Lebenssaft wurde gleichfalls zu Qualm und vermischte sich mit dem Weihrauch. Blitz-Schleuder unterdrückte mühsam einen Hustenreiz. Auf keinen Fall durfte er jetzt ein lautes Geräusch von sich geben. Jegliche Art von Lärm konnte die Zeremonie stören und den Geist erschrecken. Vielleicht war Sturm-Himmel gerade dabei, sich zaghaft zu nähern.

Blitz-Schleuder schaute auf den wabernden Qualm. Immer wieder nannte er in Gedanken Sturm-Himmels Namen. Täuschte er sich, oder formte sich dort oben an der Decke ein großer Kopf? Zwei Löcher – die Augen! Ein Dreieck in der Mitte – die Nase! Ein breiter Schlitz – der Mund, der sich zu einem höhnischen Grinsen verzog! Tropfen rannen Blitz-Schleuder übers Gesicht. Es war sein eigener Schweiß. Seine Knie schlotterten, und die Temperatur im Raum schien um mehrere Grade gefallen zu sein.

Blitz-Schleuder blinzelte heftig, doch das Gesicht an der Decke war nach wie vor da. Jetzt verformte sich der riesige Mund. Er schien die Lippen zu spitzen. Gleich darauf fegte ein eisiger Windstoß durch den Raum. Blitz-Schleuder spürte, wie sein Kopfputz nach hinten gedrückt wurde.

Der Herrscher war vor Angst wie gelähmt.

„Du hast mich gerufen“, dröhnte eine Stimme. „Warum störst du meine Grabesruhe?“

Hatte da wirklich jemand im Raum gesprochen? Oder waren die Worte nur in seinem Kopf gewesen?

„Bi-bist du Sturm-Himmel?“ bibberte Blitz-Schleuder. Vor Aufregung versagte seine Stimme, und er konnte nur krächzen.

„Wer sonst?“

„Kei-keine Ahnung.“ Blitz-Schleuder konnte noch immer nicht sagen, woher die Stimme kam. Aber es war ihm auch gleichgültig. Der Geist war da, und er sprach mit ihm – eine Situation, in der er nie zuvor gewesen war.

Sturm-Himmel ließ ihm keine Zeit, weiter nachzugrübeln. Er kam ohne Umschweife zur Sache.

„Du erwartest also, daß ich dir helfe. Du rufst einen König, der schon lange tot ist, weil du hoffst, daß ich dein Problem lösen kann.“

„Ssso ist es.“

Das Gesicht wurde breit, erstreckte sich von einer Wand zur anderen und wurde dann wieder schmaler als zuvor. Nach dieser Gymnastik sprach die Erscheinung weiter:

„Du traust dieser Frau nicht.“

Blitz-Schleuder nickte eifrig. Die Kopfbewegung bekam ihm nicht, er wurde fast ohnmächtig. Krampfhaft hielt er sich an seinem Thron fest und versuchte, tief durchzuatmen. Er hatte doch sehr viel Blut verloren. Der Weihrauch benebelte seine Sinne.

Als Blitz-Schleuder wieder aufschaute, erschien ihm der Geist größer und heller als zuvor.

„Na, geht's wieder, alter Knabe?“

Blitz-Schleuder wollte protestieren, doch Sturm-Himmel ließ ihn nicht zu Wort kommen.

„Das ist es doch, was du fürchtest: das Alter. Es ist höchste Zeit, daß du heiratest. Bisher hat es bloß nicht geklappt, keine Frau war dir gut genug. Deswegen warst du eigentlich froh, daß dir Rauch-Muschel von Copan die Hand seiner Nichte angeboten hat. Und jetzt das!“

„Ich weiß keine Erklärung für das, was im Dschungel passiert ist“, seufzte Blitz-Schleuder. „Möglicherweise haben sich die Männer die Sache auch nur eingebildet. Vielleicht war alles ein Hirngespinst.“

Der Geist lachte. „Hoho, ein Hirngespinst? Etwa wie ich eins bin?“

Blitz-Schleuder zitterte stärker und zweifelte an seinem Verstand. War die Erscheinung echt? Bildete er sich das Gespräch auch nur ein? Wachte er oder träumte er? Er kniff sich fest in den Arm. Zwar spürte er die Berührung, aber es tat nicht sonderlich weh. Blitz-Schleuder war mit seinen Nerven am Ende. Was war Wirklichkeit, was Trugbild?

„Ganz wie du willst.“ Der Geist konnte seine Gedanken lesen.

„Was soll ich jetzt mit der Frau tun?“ fragte Blitz-Schleuder weinerlich. „Sie spricht nicht meine Sprache. Ich weiß nicht, woher sie kommt. Nicht einmal ihren Namen kenne ich. Wie kann ich jemanden heiraten, der keinen Namen hat?“

„Dann gib ihr doch einen", schlug der Geist vor. „Nenne sie einfach Götter-Geschenk."

„Götter-Geschenk", wiederholte Blitz-Schleuder. „Nicht schlecht." Der Name gefiel ihm. Er würde zu der fremden Frau passen.

„Und was die Hochzeit angeht, so lasse dir ruhig Zeit", riet der Geist. „Manche Dinge werden sich klären. Vieles wird dich erschrecken, und etwas wird rätselhaft bleiben." Das Gesicht fing an, sich aufzulösen.

„Halt, halt!" schrie Blitz-Schleuder. „Geh noch nicht fort. Ich habe noch so viele Fragen!"

„Mein Grab ruft", antwortete Sturm-Himmel. „Es bringt Unglück, einen Geist aufzuhalten, wenn er müde und der Fragerei überdrüssig ist."

„Bitte", flehte Blitz-Schleuder, „beantworte mir nur noch eine Frage: Wie sieht es mit meiner Zukunft aus? Wie lange werde ich leben? Was wird aus Tikal?"

„Das waren drei Fragen", korrigierte der Geist.

„Gut, nur eine. Wie lange werde ich –"

„Lange genug", hallte es in Blitz-Schleuders Ohren. „Genug ... genug ..." Das Gesicht war verschwunden. Dort, wo es gewesen war, waberte nur noch dichter Rauch.

Blitz-Schleuder starrte wie betäubt auf die Stelle. Einmal sah der Rauch wie eine riesige Hand aus, dann wieder wie ein Frosch. Der Herrscher hatte noch immer das Gefühl, daß in seinem Kopf jemand lachte.

„Sturm-Himmel? Bist du noch da? Sturm-Himmel!"

Er erhielt keine Antwort. Der aufsteigende Weihrauch änderte die Richtung und reizte seinen Hals. Der Hustenreiz, den Blitz-Schleuder lange unterdrückt hatte, kehrte wieder. Diesmal kämpfte der König nicht dagegen an. Er hustete und stellte entsetzt fest, daß er nicht mehr damit aufhören konnte.

Der Priester eilte besorgt herbei.

„Kann ich Euch helfen, Hoheit?"

Er klopfte dem Herrscher auf den Rücken. Blitz-Schleu-

der hustete und hustete. Er hatte das Gefühl, seinen ganzen Verstand herauszuhusten. Wieder fühlte er, daß er kurz vor einer Ohnmacht stand. War wirklich ein Geist im Raum gewesen? Blitz-Schleuder spürte, wie er den Boden unter den Füßen verlor. Der Thron kippte. Der Priester konnte den bewußtlosen König gerade noch auffangen. Er bettete ihn behutsam auf den Boden und hielt ihm ein stark riechendes Pulver unter die Nase.

Niesend kam Blitz-Schleuder einige Sekunden später wieder zu sich.

„Wa-was ist passiert?"

„Ihr seid für einige Augenblicke ohnmächtig gewesen, Hoheit", erwiderte der Priester.

Ein neuer Schwall des Pulvers drang in die königliche Nase. „Pfui, nimm endlich dieses Pulver weg! Hilf mir lieber auf!" forderte Blitz-Schleuder.

Der Priester gehorchte. Blitz-Schleuder kam wieder zum Sitzen. Der Priester brachte ein Gefäß mit Wasser, tauchte ein Tuch hinein und kühlte damit die Schläfen des Herrschers.

„Ist es Euch gelungen, Sturm-Himmel herbeizurufen?"

„Es erschien nur sein Kopf." Blitz-Schleuder schluckte. Bei der Erinnerung bekam er eine Gänsehaut. „Er bestand ganz aus Rauch. Zwei Löcher waren die Augen und ein Schlitz der Mund. Aber er bewegte sich, während er sprach."

„Ich wäre sicher vor Angst gestorben", murmelte der Priester. „Bei Geistern weiß man doch nie, ob sie den Lebenden wohlgesonnen sind oder nicht. Wenn sie schlechte Laune haben, dann reißen sie einem den Kopf ab oder kugeln einem das Schultergelenk aus. Oder sie machen einen verrückt ..."

„Schweig!" donnerte Blitz-Schleuder, dem die Aufzählung der Schrecknisse zuviel wurden. Im Nachhinein war er froh, daß er so glimpflich davongekommen war. „Wie du siehst, hat mir Sturm-Himmel kein einziges Haar gekrümmt." Er lehnte sich zurück und brummte: „Eigentlich war er ganz nett."

„Nett?“ Der Priester schrie das Wort fast. „Aber Ihr seid wegen ihm ohnmächtig geworden! Und dieser gräßliche Hustenanfall – daran ist ganz sicher auch der Geist schuld!“

Blitz-Schleuder ahnte, daß dieses Gerücht wie ein Lauffeuer in Tikal die Runde machen würde. *Stellt euch vor, Sturm-Himmel hat den König bewußtlos gemacht. Der Geist hat dem Herrscher fast die Lunge aus dem Leib gepustet …* Blitz-Schleuder lächelte. Gar nicht so schlecht. Vielleicht würde das ja sein Ansehen bei der Bevölkerung erhöhen. Ein König, der den Geistern trotzte, war ein starker Herrscher.

Der Priester stützte den König und führte ihn aus dem Raum. Blitz-Schleuder warf noch einen Blick zurück. Keine Spur mehr von einem Geist! Nur ein paar Rauchschwaden hingen noch im Raum, aber sie verflüchtigten sich allmählich.

„Aber Ihr habt noch nicht gesagt, was Euch der Geist mitgeteilt hat“, hakte der Priester nach.

Blitz-Schleuder besann sich. Wie hatte die Botschaft gelautet? *Was die Hochzeit angeht, so lasse dir ruhig Zeit. Manche Dinge werden sich klären. Vieles wird dich erschrecken, und etwas wird wirklich rätselhaft bleiben …*

Sehr geheimnisvoll. Darüber konnte man sich tagelang den Kopf zerbrechen. Ob es klug war, vor dem Priester zuzugeben, daß er aus der Botschaft nicht recht schlau wurde?

„Oder dürft Ihr nichts weitersagen?“ bedrängte ihn der Priester, der fast vor Ungeduld platzte.

„Richtig, ich darf nichts ausplaudern“, log Blitz-Schleuder, dem die Ausrede sehr willkommen war. „Er hat gedroht, die Stadt zu vernichten, wenn ich ein Sterbenswörtchen von seiner Botschaft verrate.“

Der Priester schlotterte. „So will ich Euch nicht weiter ausfragen. Wenn Ihr nichts sagen dürft …“ Er verzog schmerzlich das Gesicht. „Ich will nicht schuld sein, wenn Tikal untergeht.“

„Nein, gewiß nicht“, bestärkte ihn Blitz-Schleuder. „Dieses Risiko dürfen wir unter keinen Umständen eingehen.“

Der Priester nickte. Dann fiel ihm etwas ein. „Und Eure Hochzeit?“ fragte er. „Wird sie stattfinden?“

„Dazu hat sich Sturm-Himmel nicht geäußert“, wich Blitz-Schleuder aus. „Aber er nannte mir den Namen der Fremden: Götter-Geschenk.“

„Götter-Geschenk“, wiederholte der Priester. Dann schlug er sich erschrocken auf den Mund. „Jetzt habt Ihr doch geplaudert!“ Der Priester geriet in Panik. „Ihr werdet mich sicher köpfen lassen. Ich schwöre, ich werde den Namen ganz schnell vergessen. Ich werde diesen Tag aus meinem Gedächtnis löschen ... Ich weiß schon nichts mehr, Ehrenwort!“

„Du Tölpel“, schimpfte Blitz-Schleuder und fragte sich, warum er einen dermaßen dummen Menschen als hohen Priester eingesetzt hatte.

„Vielleicht können wir das Unheil noch von Tikal abwenden“, plapperte der Priester. „Wenn Ihr wollt, werde ich den gläsernen Schädel befragen.“

Blitz-Schleuder hielt inne. Verflixt noch mal, der Blutverlust hatte ihn doch ziemlich geschafft. Sein Gedächtnis funktionierte nicht so, wie es funktionieren sollte. Natürlich konnte er sich noch dunkel an den gläsernen Schädel erinnern. Das Ding war bereits eine ganze Weile im Besitz der Stadt. Durch irgendwelche Raubzüge und Eroberungen war es in Tikal gelandet. Man schrieb dem Schädel magische Eigenschaften zu, aber wozu er im einzelnen diente, war Blitz-Schleuder im Moment entfallen.

„Hilf mir auf die Sprünge“, murmelte er. „Warum willst du den Schädel befragen?“

„Wißt Ihr es denn nicht mehr?“ Der Priester wunderte sich. „Wie kann man das vergessen? Der Schädel ist aus Kristall geschnitzt, und er kann prophezeien, ob es der Stadt, in der er sich gerade befindet, gut oder schlecht gehen wird.“

„Wie macht er das?“ brummte Blitz-Schleuder. „Redet er auch mit Geisterstimmen?“ Von Geisterstimmen hatte er vorerst genug. Darauf würde er sich so schnell nicht wieder einlassen.

„Was ist nur mit Euch los, Herr?“ staunte der Priester. „Ihr wart doch das letzte Mal dabei, als wir ihn befragt haben. Das Glas ist klar geblieben. Das bedeutet, daß es der Stadt gut gehen wird. Ist der Schädel aber trübe wie Milch, dann stehen schwere Zeiten bevor.“

„Ach ja, so heißt es.“ Blitz-Schleuder hätte niemals zugegeben, daß er der Schädel-Zeremonie nie besondere Aufmerksamkeit gewidmet hatte.

Als er am Arm des Priesters die Stufen des Tempels hinunterschritt, blieb er plötzlich wie vom Donner gerührt stehen. Er starrte die steinerne Schlange an der Wand an. Ihr Maul war weit aufgerissen, und man sah zwei Reihen von großen Zähnen. Blitz-Schleuder war schon unzählige Male an diesem Kunstwerk vorbeigekommen, aber noch nie hatte er sich viel dabei gedacht. An diesem Tag aber schien die Schlange eine besondere Bedeutung für ihn zu haben.

Vielleicht lag es auch nur daran, daß das gleißende Sonnenlicht auf das steinerne Tier fiel. Im Kopf des Königs blitzte ein Gedanke auf: Feder-Schlange, der gläserne Schädel – Moment mal, hatte es da nicht eine Verbindung gegeben?

Sein Gedächtnis war wirklich unzuverlässig. Früher hatte er sich manche Dinge viel besser merken können. Blitz-Schleuder versuchte, sich zu konzentrieren, aber wieder einmal störte der Priester seine Gedankengänge. Anscheinend konnte der Mann keinen Augenblick lang den Mund halten.

„Wenn Ihr wollt, werde ich den magischen Schädel zu Rate ziehen. Die Vorbereitungen sind schnell getroffen. Schon morgen –“

Blitz-Schleuder sah den Priester strafend an. „Schweig sofort still! Ich werde dir sagen, wenn du das Orakel befragen sollst.“

Der Mann senkte schuldbewußt den Kopf. „Sehr wohl, Hoheit!“

Sie stiegen die letzten Stufen hinunter. Bei der untersten Stufe wurde es dem Herrscher schwarz vor den Augen, und er stolperte. Der Priester konnte Blitz-Schleuder gerade noch auffangen, bevor er stürzte.

„Ihr fühlt Euch nicht wohl. Ihr solltet Euch hinlegen."

„Vor allen Dingen habe ich Hunger", entgegnete Blitz-Schleuder schwach. „Ich habe seit gestern abend gefastet." Zwar waren Fasten und Blutverlust günstig, wenn man Geister beschwören wollte, aber was zuviel war, war zuviel. Blitz-Schleuder hatte keine Lust, schon selbst zum Geist zu werden.

Die Probleme standen ihm bis zum Hals. Wie gerne hätte er jetzt alles weggeschoben und sich an einem ungestörten Ort ausgeruht. Er hatte es momentan satt, König von Tikal zu sein.

Die Untertanen verlangten Entscheidungen von ihm, die Krieger wollten wissen, wann sie die nächste Stadt angreifen sollten, die Priester sorgten sich um die Zukunft Tikals, für die es offenbar nicht sonderlich rosig aussah. Einer der Seher hatte ein düsteres Bild gezeichnet. Unglück würde über Tikal hereinbrechen, alle Leute würden die Stadt verlassen, und die Gebäude würden vom Dschungel überwuchert werden. Schlingpflanzen würden die Tempeltreppen hinaufkriechen, Mauern einstürzen und Tikal zur Geisterstadt werden …

Blitz-Schleuder spürte einen Schauder, während er an der Seite des Priesters durch die Stadt ging. Er konnte es sich nicht vorstellen, daß die Prophezeiung eintreffen würde. Der Seher hatte auch keinen genauen Zeitpunkt genannt. Vielleicht war das Ganze überhaupt Unsinn, oder der Mann hatte sich mit seiner Prophezeiung nur wichtig machen wollen. Es gab ringsum keinen anderen Ort, der es an Pracht und Größe mit Tikal aufnehmen konnte!

Die ganze Bevölkerung schien an diesem Tag auf den Beinen zu sein. Man jubelte und winkte dem Herrscher zu. Glückwünsche und Freudenrufe ertönten. Ein paar Frauen und Kinder warfen ihm Blüten zu. Ein kleines Mädchen schenkte ihm einen Strauß Orchideen.

„Danke, mein Kind." Als sich Blitz-Schleuder zu dem Mädchen hinabbeugte, um es auf die Wange zu küssen, spiegelte sich Furcht in den Kinderaugen. Das Mädchen stieß einen Schrei aus und rannte zu seiner Mutter zurück, die es ängstlich an sich preßte. Blitz-Schleuder war über die Reaktion erstaunt. Anscheinend brachte man ihm Hochachtung entgegen, aber gleichzeitig hatten die Leute auch Angst vor ihm. Der König lächelte dem Mädchen zu, aber es verbarg sein Gesicht im Gewand der Mutter.

„Dann eben nicht", brummte Blitz-Schleuder verärgert. Er ließ die Orchideen fallen und überlegte, ob er die Frau mit ihrer Tochter gefangennehmen lassen sollte. Schließlich hatte sie ihm die gute Laune verdorben. Doch dann entschied er sich dagegen. Völlig erschöpft kam er in den königlichen Gemächern an. Zwei Diener nahmen ihm das schwere Jaguarfell ab und brachten ihm leichtere Kleidung. Blitz-Schleuder verlangte Erfrischungen. Während die Diener fortrannten, um all seine Wünsche zu erfüllen, legte sich der Herrscher auf sein Lager. Er starrte die Decke an und grübelte.

Manche Dinge werden sich klären. Vieles wird dich erschrecken, und etwas wird wirklich rätselhaft bleiben …

‚Dummes Gewäsch', dachte Blitz-Schleuder. ‚Sturm-Himmel hätte sich ruhig ein bißchen deutlicher ausdrücken können. – Wenn ich mich nur besser erinnern könnte!' Der gläserne Schädel stand in irgendeinem Zusammenhang mit seiner Hochzeit. Bloß in welchem? In dem Augenblick, als ein Diener den Raum betrat und ihm ein Tablett mit süßen Früchten und einen Becher Agavenwein überreichte, fiel es ihm wieder ein.

„Laßt es Euch wohl ergehen", wünschte ihm der Diener und wollte sich zurückziehen.

Wohlergehen! Natürlich! Rauch-Muschel, der Herrscher von Copan, schickte ihm seine Nichte Feder-Schlange. Nicht ganz selbstlos. Zum Austausch wollte er den gläsernen Schädel, der ursprünglich aus Copan stammte. Rauch-Muschel behauptete, der seltsame Totenkopf sei ausgesprochen wichtig für das Wohlergehen der Stadt. Blitz-Schleuder seufzte vor Erleichterung. Sein Gedächtnis funktionierte also doch noch halbwegs. Er wußte, wie schlimm Vergeßlichkeit sein konnte. Sein Onkel war ein klapperdürrer, zittriger Greis, der nie wußte, welcher Tag es war. Alles, was man ihm sagte, vergaß er im nächsten Moment. Obendrein war er fast taub. Blitz-Schleuder hatte oft Angst, so zu werden wie er. Selbstverständlich hätte er dies nie offen zugegeben. Aus einer Laune heraus beschloß er, den Diener zu belohnen. Er rief ihn an sein Lager und schenkte ihm einen von seinen Armreifen.

Der Diener bedankte sich überschwenglich. „Das werde ich Euch nie vergessen, Herr!"

„Was macht die Fremde?" erkundigte sich Blitz-Schleuder.

„Sie sieht so aus, wie sie gekommen ist", berichtete der Diener.

Er gehörte zum Kreis jener Leute, die in die rätselhafte Geschichte eingeweiht waren. „Sie hat sich nicht verwandelt – weder in einen Dämon noch in eine junge Frau."

„Gut", brummte Blitz-Schleuder und schlürfte den Wein. Er fühlte, wie seine Lebensgeister allmählich zurückkehrten. Neugierig probierte er die Früchte. Es waren einige dabei, die er noch nicht kannte. Sie schmeckten saftig und süß.

„Nicht übel", meinte der Herrscher und streckte seine Beine aus. Nach einer Weile fühlte er sich satt und zufrieden. Er beschloß, der Fremden noch einen Besuch abzustatten. Er wollte sich mit eigenen Augen davon überzeugen, daß sie noch genauso aussah wie zuvor.

Unterwegs hielt ihn ein Bote auf. „Herr, es ist wichtig. Wahrheit-Finder wünscht Euch zu sprechen. Es sind rätselhafte Gestalten in Tikal aufgetaucht."

Blitz-Schleuder runzelte die Stirn. „Rätselhafte Gestalten? Was soll das heißen?“

Der Bote hob die Schultern und schaute den Herrscher treuherzig an. „Ich weiß es auch nicht, Herr. Ich gebe Euch die Nachricht so wieder, wie ich sie selbst erhalten habe.“

„Dummkopf“, schimpfte der König. „Wenn du etwas nicht verstehst, hast du gefälligst nachzufragen. Ich hasse Ungenauigkeiten und verwaschene Auskünfte.“ Bei sich dachte er: ‚Das nehme ich höchstens bei einem Geist in Kauf.‘ Er bellte: „Kapiert?“

Der Bote stand mit schlotternden Knien vor ihm. „I-ich bin doch nicht blö-blöd“, stammelte er.

„Bist du sicher?“

Der Bote schrumpfte unter dem unerbittlichen Blick des Herrschers. Er schaute scheu zu Boden und betrachtete seine Fußspitzen. Blitz-Schleuder ging weiter. Der Bote rannte ihm nach. „Was soll ich Wahrheit-Finder denn nun ausrichten? Bitte sagt es mir doch!“

„Ich schaue mir seine rätselhaften Gestalten an, sobald ich Lust dazu habe“, knurrte Blitz-Schleuder und schob ihn beiseite. Der Bote blieb stehen. „Das war schon wieder eine verwaschene Auskunft“, murmelte er unzufrieden. Er rief dem Herrscher hinterher: „Und wann habt Ihr Lust?“

„Frecher, aufdringlicher Lümmel!“ schnauzte ihn Blitz-Schleuder an. „Gleich bekomme ich Lust, dir den Kopf abzuschlagen. Scher dich davon!“

Der Bote bekam es jetzt doch mit der Angst zu tun. Er machte sich aus dem Staub.

Blitz-Schleuder ging weiter. Hinter der nächsten Ecke kam schon wieder ein Mann auf ihn zu.

„Hoheit, habt Ihr einen Augenblick Zeit?“

„Bei den Göttern, das geht hier ja zu wie in einem Ameisenhaufen“, beschwerte sich Blitz-Schleuder. „Was ist denn los?“

„Wir haben vorhin eine seltsame Gestalt aufgelesen, Herr!“

„Das weiß ich schon“, winkte Blitz-Schleuder ab. „Ich werde mich darum kümmern, sobald ich Zeit und Lust habe.“

Der Mann stellte sich ihm in den Weg. „Sie heißt Feder-Schlange und behauptet, Eure Braut zu sein.“

Blitz-Schleuder blieb wie vom Donner gerührt stehen. „Sagt das noch mal.“

„Wir haben eine junge Frau im Dschungel gefunden. Sie trägt das Königszeichen von Copan und war auf dem Weg nach Tikal – angeblich, um Euch zu heiraten.“

Blitz-Schleuder zitterte am ganzen Leib. Es war ein bißchen viel auf einmal. Auch ein König konnte nur ein bestimmtes Maß an Aufregungen verkraften.

„Wo ist sie?“ fragte er tonlos.

Der Mann senkte den Kopf. „Wir haben sie eingesperrt. Als wir ihr nicht gleich glaubten, hat sie zwei von unseren Leuten angegriffen. Stein-Werfer hat schwere Bißwunden an seinem Arm erlitten. Wie von einem Jaguar.“ Er sah wieder auf und schränkte ein: „Jedenfalls fast.“

Blitz-Schleuder runzelte die Stirn. Er wußte nicht, was er von dieser Nachricht halten sollte. Sollte die echte Braut wieder aufgetaucht sein? Aber warum benahm sie sich wie ein wildes Tier?

„Wollt Ihr mit Feder-Schlange sprechen?“ fragte der Mann. „Sie hat verlangt, Euch auf der Stelle zu sehen.“

Blitz-Schleuder zögerte. Es gefiel ihm nicht, in dieser Weise herumkommandiert zu werden. „Richte ihr aus, daß ich mit ihr reden werde, sobald es meine Zeit erlaubt.“

„Sehr wohl, Hoheit.“

Der König ging weiter. Das Unbehagen blieb. War er ein Spielball der Götter? Wollte das Schicksal ihn prüfen? Oder wollte man ihn in den Wahnsinn treiben?

Er hielt alles für möglich.

Wer die Wahl hat …

Frau Schneider hatte nur eine einzige Erklärung für das, was geschehen war: Sie hatte sich von der Verrücktheit des Professors anstecken lassen und war ebenfalls übergeschnappt.

Kopfschüttelnd hockte sie auf ihrem Lager. Vor ihr stand eine Schale mit herrlichen Früchten. Obwohl ihr der Magen knurrte, hatte sie kaum etwas davon angerührt. Dabei sagte ihr ihr praktischer Verstand, daß man aus den Früchten einen phantastischen Obstsalat hätte machen können. Doch für wen? Nur für sich selbst? Lohnte sich die Mühe? Und war es normal, daß Verrückte Obstsalat machten?

Frau Schneider seufzte.

Nachdenklich stützte sie ihr Kinn in die Hand und versuchte, sich noch einmal an alles zu erinnern, was in der letzten Zeit geschehen war.

Sie hatte Streit mit dem Professor gehabt. Das war an und für sich nichts Ungewöhnliches. Auseinandersetzungen mit ihrem Chef gab es öfter. Sie hatte es längst aufgegeben, sich über herumliegende Socken oder zerquetschte Zahnpastatuben aufzuregen. Professor Ambrosius war ein zerstreuter Mensch, und Zerstreutheit ist bekanntlich absolut unheilbar.

Doch was sie an jenem besagten Morgen auf die Palme gebracht hatte, war seine Grobheit gewesen. Wie er mit ihr umgesprungen war! Wie er seine schlechte Laune hatte heraushängen lassen. Und wie er sie angebrüllt hatte.

Das brauchte sich keine Haushälterin bieten zu lassen. So etwas nicht. Nicht diesen Ton.

Noch immer stieg Empörung in ihr hoch, wenn sie daran dachte. Klar, mit ihrer Kündigung hatte sie ihm einen ordentlichen Schrecken einjagen wollen. Sie hatte es im ersten Moment auch ziemlich ernst gemeint. Warum sollte sie weiter für jemanden arbeiten, der sie nur herumkommandierte und anschrie? Gute Haushälterinnen waren gefragt, und sie würde jederzeit einen neuen Job finden.

Natürlich ließen sich all die Jahre, in denen sie für den Professor gearbeitet hatte, nicht einfach wegwischen. Es hatte auch schöne Momente gegeben. Manchmal war der Erfinder richtig nett zu ihr gewesen. Dann hatte Frau Schneider im Stillen gehofft, er werde ihr einmal zeigen, womit er sich die ganze Zeit über beschäftigte. Denn daß er Geheimnisse vor ihr hatte, war ihr schon lange klar. Ganz blöd war sie schließlich nicht, und wenn man es ihr gut erklärte, war sie durchaus imstande, technische Dinge zu begreifen. Schließlich konnte sie mit der Waschmaschine und allen anderen Geräten im Haushalt ohne Schwierigkeiten umgehen. Selbst der Mikrowellenherd hatte ihr niemals Probleme bereitet – wenn sie auch über dessen Anschaffung nicht ganz glücklich gewesen war. Der Professor hatte eines Tages das

Ding bestellt. Er hatte geglaubt, ihr damit die Arbeit im Haushalt erleichtern zu können. Eigentlich war das ja eine ganz liebe Geste gewesen.

Frau Schneider lächelte bei der Erinnerung. Im Grunde war der Professor ein herzensguter Mensch. Harte Schale, weicher Kern – damit ließ er sich zutreffend charakterisieren.

Aus diesem Grund war sie auch zurückgekehrt, nachdem sie erst einmal erbost das Haus verlassen hatte. Daß sie nachschauen wollte, ob sie in der Küche alle Geräte ausgeschaltet hatte, war natürlich nur ein Vorwand gewesen.

Ja, und dann war das Unfaßbare passiert. Sie hatte mit einer Hand den Mikrowellenherd berührt. Im nächsten Moment war sie mitten im Dschungel gewesen.

Papageien kreischten.

Wilde Gesichter blickten sie an. Fremde Männer schrien auf und deuteten mit dem Finger auf sie.

Und Frau Schneider, die keine Ahnung hatte, was dies alles bedeuten sollte, fing an zu heulen.

Entsetzlich!

Die Szene stand jetzt wieder so lebhaft vor ihren Augen, daß Frau Schneider die Hände vors Gesicht schlug. Ihre Finger wurden naß von den Tränen.

Sie hatte keine Erklärung für das Geschehen.

Eben war alles noch ganz normal, und im nächsten Augenblick standen alle Dinge auf dem Kopf.

Konnte man ohne Vorankündigung verrückt werden?

Offenbar konnte man.

Zuerst hatte Frau Schneider alles für einen Traum gehalten. Sie hatte schon oft von fremden Leuten und Landschaften geträumt. Ja, je eintöniger ihr Alltag war, desto lebhafter wurden ihre Träume. Oft war sie darin ein junges Mädchen, das die Ferien am Meer verbrachte und aufregende junge Männer kennenlernte. Oder sie war im Traum eine berühmte Schauspielerin. Oder eine Chefköchin im Fernsehen mit eigener Sendung. Einmal war sie auch eine

Prinzessin gewesen, die in einem prächtigen Schloß wohnte und auf einen wunderschönen Prinzen wartete.

Dieses Dschungelabenteuer hätte also sehr gut auch ein Traum sein können. Frau Schneider hatte sich so lange in die Arme gezwickt, bis diese voll blauer Flecken gewesen waren. Es hatte weh getan. Aber aufgewacht war sie davon nicht.

Die Dschungelstory ging weiter. Nach viel Geschrei und Getöse hatten die Männer sie in eine Sänfte gesetzt und durch den Urwald getragen.

So war Frau Schneider noch nie gereist. Und noch nie hatten Männer ihretwegen soviel Schweiß vergießen müssen. Nur manchmal mußte Frau Schneider aussteigen, wenn sie zu einem Fluß oder zu einer unzugänglichen Stelle kamen.

Die Sänfte selbst war vergoldet und einer Prinzessin würdig. Hätte sich Frau Schneider mit den Männern verständigen können und wären die vielen Mücken nicht gewesen, dann wäre alles noch viel toller gewesen.

Bloß eine Erklärung für das Ganze fehlte.

Als sie nach Tikal kamen, hatte Frau Schneider Angst bekommen. Die vielen Menschen mit ihrem kriegerischen Aussehen und der fremden Sprache flößten ihr Furcht ein.

Und der König schien über ihr Erscheinen auch nicht gerade begeistert zu sein.

Wie lange würde sie wohl in dieser Stadt bleiben müssen? Frau Schneider seufzte wieder. Jetzt hatte sie wahrhaftig genug gegrübelt. Sie war hungrig davon geworden und langte nach einer Feige. In diesem Augenblick wurde der Türvorhang zur Seite geschoben.

Frau Schneider erschrak und ließ die Frucht fallen. Es war der König selbst. Er warf ihr wieder einen seiner seltsamen Blicke zu, aus denen sie nicht schlau wurde.

Sie lächelte zaghaft und spürte, wie ihre Lippen dabei zitterten. Der Herrscher sagte etwas zu dem Türwächter.

‚Wenn ich doch nur ein Wort dieser Sprache verstehen

könnte', dachte Frau Schneider inbrünstig. ,Dann wäre alles viel einfacher. Ich könnte fragen, wo ich gelandet bin.'

Der König kam auf sie zu und fragte, ob er neben ihr Platz nehmen dürfe. Er untermalte seine Worte mit Gesten. Frau Schneider verstand und nickte. Sie rückte zur Seite, und der Herrscher ließ sich ächzend nieder.

Eine Pause entstand. Wie sollte man sich mit jemandem unerhalten, dessen Sprache man nicht verstand? Frau Schneider litt Qualen. Sie war zum Schweigen verurteilt, dabei hatte sie unzählige Fragen! Auch Blitz-Schleuder hatte ähnliche Gedanken. Gut, die Frau neben ihm war nicht mehr ganz taufrisch, aber sie hatte einen freundlichen Gesichtsausdruck und warmherzige Augen. Blitz-Schleuder fühlte sich zu ihr hingezogen. Auf irgendeine Weise erinnerte sie ihn an seine Mutter.

Frau Schneider wußte nicht recht, wie sie sich verhalten sollte. Sicher wollte der Herrscher wissen, woher sie kam und was sie in der Stadt suchte. Sie lächelte entschuldigend und zuckte mit den Achseln. Dann reichte sie ihm die Schale mit dem Obst und bot ihm davon an.

Blitz-Schleuder grinste und nahm sich eine Frucht. Wie, die Fremde sollte ein Dämon sein? Das war unvorstellbar. Die Männer im Dschungel mußten sich getäuscht haben. Der König biß in die Frucht.

„Gut?" fragte Frau Schneider und legte den Kopf schief. „Aus den ganzen Zutaten könnte man einen köstlichen Obstsalat machen. Ich bräuchte dazu ein Messer und ein paar Schalen."

Sie redete mit Händen und Füßen. Wie durch ein Wunder schien der König zu begreifen, was sie ihm sagen wollte. Er stand auf, lächelte und zog sie auf. Dann deutete er ihr an, daß sie ihm folgen sollte.

Blitz-Schleuder ging an dem verblüfften Türwächter vorbei. Der Mann wollte Frau Schneider aufhalten, doch der König faßte seinen Arm und befahl: „Laß sie in Ruhe. Sie kommt mit mir."

Der Türwächter starrte den beiden mit offenem Mund nach. Frau Schneider war ganz verwirrt von all den Gängen, durch die der König sie führte. Schließlich landeten sie in einer Art Küche. Eigentlich war es nur ein nach oben hin offener Raum. In der Mitte brannte ein Feuer, und einige Frauen waren dabei, Maisfladen zu backen. In geflochtenen Körben befanden sich verschiedene Sorten Obst. Ein junges Mädchen rupfte gerade einen Vogel. Ein junger Mann zerlegte ein größeres Tier.

Die Leute wunderten sich darüber, daß der König selbst in der Küche auftauchte. Sonst ließ er sich hier nie sehen. Ehrfürchtig hielten sie mit ihrer Arbeit inne.

Blitz-Schleuder gab Anweisungen. „Laßt diese Frau tun, was sie will. Gebt ihr alles, was sie braucht. Steht nicht im Weg herum und behindert sie nicht." Wohlgefällig lehnte er sich an die Wand und betrachtete alles mit halb geschlossenen Augen.

Die anderen wechselten verstohlene Blicke, trauten sich aber nicht, Einwände zu erheben.

Frau Schneider zögerte, dann siegte ihre innere Leidenschaft. Hier befanden sich alle möglichen Herrlichkeiten, und sie würde dem König beweisen, daß sie ausgezeichnet zu kochen verstand und hervorragende Salate bereiten konnte.

Schon kurze Zeit später hatte sie sich zurechtgefunden. Hier waren die Tontöpfe, dort die Messer mit den Obsidianklingen. Das Ganze war zwar etwas ungewohnt und unbequem, aber Frau Schneider bereitete es keine Schwierigkeiten, sich anzupassen und auch mit einfachen Gerätschaften umzugehen. Früher hatte sie oft auf Zeltlagern und mit Campinggeschirr gekocht, und auch jetzt wußte sie sich zu behelfen.

Einige der Früchte kannte sie bereits als exotische Neulinge aus dem Supermarkt. Hier schienen Papayas und Mangofrüchte direkt vor der Haustür zu wachsen.

Frau Schneider ließ ihrer Phantasie freien Lauf. Sie begann die Früchte in kleine Scheiben und Würfel zu schneiden. Manche dünstete sie auch kurz über dem Feuer an. Vorsichtig testete sie die Gewürze und schmeckte den Salat dann ab. Jetzt war sie in ihrem Element und wurde immer kühner. Es gelang ihr sogar, ein paar saftige Pfeffersteaks zuzubereiten.

Nach ungefähr einer Stunde war alles fertig. Sie lud Blitz-Schleuder ein, Platz zu nehmen und zu speisen.

Der König winkte zuerst einen Mann herbei, der vor seinen Augen die Speisen vorkosten mußte.

Frau Schneider runzelte ärgerlich die Stirn. Der König traute ihr wohl nicht? Glaubte er, sie wolle ihn vergiften?

Blitz-Schleuder sah Frau Schneiders grimmige Miene und lächelte sie freundlich an.

„Das ist hier so üblich."

Frau Schneider verstand seine Worte zwar nicht, doch ihr Gesicht entspannte sich wieder, nachdem der Vorkoster überrascht die Augenbrauen hochzog.

„Hoheit, welche Köstlichkeit! So etwas Herrliches habe ich noch nie im Leben gegessen!" Er langte nochmals zu.

Blitz-Schleuder konnte es nun kaum erwarten, selbst zu probieren. Das Essen übertraf all seine Erwartungen. Noch nie war das Fleisch so zart gebraten, noch nie das Obst auf diese wunderbare Weise angerichtet worden.

Frau Schneider sah mit Genugtuung, wie es dem König schmeckte. Er lud sie mit Gesten ein, ebenfalls Platz zu nehmen und mit ihm zu essen.

„Na, meinetwegen. Ein Dinner zu zweit mit einem König, mitten im Urwald, warum nicht?"

Sie setzte sich ihm gegenüber und langte kräftig zu. Die Kocherei hatte sie von ihren Grübeleien abgelenkt, und sie war ziemlich hungrig. Sie mußte zugeben, daß sie sich diesmal selbst übertroffen hatte. Das Rezept mußte sie sich unbedingt merken!

‚Sturm-Himmel hat recht gehabt', dachte Blitz-Schleuder, während der Mahlzeit. ‚Diese Frau ist wahrhaftig ein Geschenk der Götter. Das Schicksal hat es gut mit mir gemeint. Es wollte mir einen Gefallen tun, in dem es mir diese seltsame Frau geschickt hat.‘

„Jetzt sitzen wir schon Stunden in diesem Loch, ohne daß sich jemand um uns kümmert“, erklärte Michael mürrisch. „Ich glaube, diesem Wahrheit-Finder eilt es überhaupt nicht, die Wahrheit herauszufinden. Sonst hätte er uns längst ins Verhör genommen.“

Professor Ambrosius lehnte mit dem Rücken an der Wand, hatte den Kopf gesenkt und war gerade etwas eingedöst. Jetzt schreckte er hoch.

„Wo? Wie? Was hast du gesagt?“

„Hier in der Ecke ist es feucht“, erklärte Heike mit aufgeregter Stimme. Sie hatte das Verlies noch einmal untersucht. „Ich glaube, es dringt Wasser von außen herein.“

„Vielleicht Grundwasser“, meinte Thomas.

„Ausgezeichnet“, bemerkte Michael. „Wenn es regnet, steigt uns das Wasser bis zum Hals. Und sicher werden wir uns in diesem Loch erkälten.“ Wie zur Bekräftigung seiner Worte nieste er. „Na bitte. Da haben wir's schon.“

„Iiiihhh!“ Heike schrie auf. „Eben ist etwas über meine Hand gekrochen.“

Im schwachen Licht, das durch den winzigen Schacht hereinsickerte, erkannte sie einen Salamander.

„Du kleiner Kerl, warum mußt du mich so erschrecken?“ Sie setzte das Tierchen wieder auf den Boden.

„Wie der wohl hier reingekommen ist?“ überlegte Thomas. „Ob es hier doch eine Öffnung gibt?“

„Ein Königreich für eine Taschenlampe“, spottete Michael. „Und selbst, wenn wir ein Loch finden, ist es noch lange nicht gesagt, daß wir auch durchpassen.“

„Du bestimmt nicht“, erwiderte Heike. Sie ärgerte sich jedesmal, wenn Michael so schwarzseherische Äußerungen von sich gab. „Selbst wenn es nur ein kleines Loch ist, könnten wir doch versuchen, uns durchzugraben. Wie der Graf von Monte Christo."

„Kenn' ich nicht", murrte Michael.

„Ich glaube, der hat zwei Jahre gebraucht, um sich mit einem Löffel aus dem Gefängnis freizugraben", erinnerte sich Heike.

„Schöne Aussichten", meinte Michael. „Noch zwei Jahre in diesem Loch! Einfach herrlich! Geradezu phantastisch!"

Heike überlegte, ob sie ihrem Bruder aus Rache den Salamander in den Nacken setzen sollte, doch dann tat es ihr doch um das Tier leid. Sie legte sich noch einmal flach auf den Boden und betastete das Gemäuer ringsum. Tatsächlich fand sie auch die Stelle, wo das Wasser hereinsickerte. Sie spürte ganz deutlich die Tropfen, die sich gegen ihre Hand drückten. Sie bohrte mit den Finger nach und spürte lehmiges und nachgiebiges Erdreich unter dem Gestein. Ihr Herz begann, schneller zu schlagen.

„Hier ist eine weiche Stelle", verkündete sie aufgeregt. „Wenn sich Graben lohnt, dann hier."

„Willst du im Ernst anfangen?" fragte Professor Ambrosius.

„Immer noch besser als hier nur rumzusitzen, oder?" gab Heike zurück.

„Wahrscheinlich hast du recht", brummte der Erfinder. „Ich bin nur gespannt, wie lange unsere Fingernägel diese Aktion aushalten."

„Das ist wenigstens mal eine Arbeit, bei der uns Moorteufel helfen kann", bemerkte Thomas.

Sie fingen an zu buddeln. Es war eine mühsame Angelegenheit. Weil an der Stelle zu wenig Platz war, konnte nur immer einer graben. Michael verlor bald die Lust.

„Das schaffen wir nie", murrte er. „Und wer weiß, wo wir rauskommen. Keine Ahnung, was auf der anderen Seite ist. Vielleicht landen wir im Schlafzimmer des Königs oder so. Oder im geheimen Laboratorium von Wahrheit-Finder ..."

„Laß mich weitergraben." Thomas nahm Michaels Platz ein und legte sich auf den Bauch. Bald stieß er auf etwas Hartes. „Verdammt, ich habe mir fast den Fingernagel abgebrochen. Ich glaube, wir brauchen gar nicht weiter zu machen. Da ist eine Mauer."

„So ein Mist!" entfuhr es Heike.

„Warte." Thomas grub vorsichtig weiter. „Nein, es ist bloß ein Stein. Hier ist er."

Sie arbeiteten, bis es ganz dunkel war.

„Es muß Nacht sein", sagte Professor Ambrosius und schaute hoch. Das kleine Loch an der Decke war nicht mehr zu erkennen.

„Anscheinend müssen wir ohne Abendessen ins Bett", maulte Michael. „Und eine Gutenachtgeschichte erzählt uns Wahrheit-Finder auch nicht mehr."

„Sehr witzig." Heike lehnte sich gegen die Wand. Sie war müde und schmutzig. Die Mückenstiche, die sie sich im Dschungel eingehandelt hatte, juckten teuflisch. Wie sehnte sie sich nach Hause, nach einem duftenden Schaumbad und einem sauberen Bett! Sie seufzte.

So eine unbequeme Nacht hatten die Zeitreisenden schon lange nicht verbracht. Es war kühl und feucht in ihrem Verlies, und allen knurrte der Magen. Die Stunden bis zum Morgengrauen schienen sich endlos zu dehnen. Heike schlief höchstens kurze Zeit und wurde von grauenhaften Träumen geplagt. Die Steinfiguren, die sie überall in Tikal gesehen hatten, wurden lebendig und stiegen von den Mauern herab. Ein Monster mit eckigem Schlangenkopf und breitem Körper kam mit ungelenken Roboterschritten auf sie zu. Heike wollte fortlaufen, stellte aber fest, daß sie ihre Beine nicht bewegen konnte. Ihre Füße schienen im Boden verwurzelt zu sein. Das Steinmonster kam immer näher und streckte seine Vogelklauen nach ihr aus. Heike schrie. Sie spürte schon die Berührung am Arm. Jemand rüttelte sie wach.

„Ich bin's bloß, Thomas. Wach auf! Du hast nur schlecht geträumt! So beruhige dich doch!"

Er streichelte sanft ihr Gesicht. Heike schluchzte auf.

„Oh, Thomas, es war entsetzlich. Das Monster – es hat mich schon fast erreicht. Diese schrecklichen Steinfiguren …“ Sie weinte leise vor sich hin. Thomas legte den Arm um sie, und sie lehnte sich gegen seine Brust, dankbar dafür, daß er da war. Thomas strich ihr sanft über das Haar. Wie weich und seidig es sich anfühlte! Er genoß es, wie ihr Kopf an seiner Brust lag. Heike wurde allmählich ruhiger.

„Entschuldige. Hoffentlich habe ich mich nicht zu dumm benommen.“

„Unsinn. Es war eben alles ein bißchen viel in der letzten Zeit.“

„Der Traum, Thomas, er war so wirklich! Das Monster wollte mich töten, das weiß ich genau. Seine Augen waren hart und kalt. Und irgendwie“, Heike suchte nach einem passenden Ausdruck, „irgendwie gierig. Ich hatte solche Angst!“

„Denk nicht mehr dran“, riet ihr Thomas.

Ein anzügliches Räuspern ertönte.

„Entschuldigung, wenn ich euch störe“, meldete sich Michael. „Aber meint ihr, daß wir Frühstück kriegen? Es wird schon hell, und mein Magen hängt bei den Knien!“

Feder-Schlange streckte sich und gähnte. Bestimmt war schon die Sonne über dem Dschungel aufgegangen. Vor lauter Wut hatte die Prinzessin fast die ganze Nacht kein Auge zugetan.

Es war einfach unerhört! Da war sie endlich in Tikal, und Blitz-Schleuder, ihr Bräutigam, hielt es nicht für nötig, sie auch nur zu begrüßen.

Mit grimmiger Miene stand Feder-Schlange von ihrem Lager auf. Wenn er endlich kam, dann würde sie ihn ganz kühl empfangen, soviel war klar. Was bildete sich der Affe überhaupt ein? Schließlich war sie von königlichem Geblüt. Außerdem war sie weder häßlich noch unansehnlich.

In Copan hatten ihr Dutzende von Verehrern zu Füßen gelegen. Sie hätte nur mit den Fingern zu schnippen brauchen.

Trotzig warf sie ihr Haar zurück. Wenn Rauch-Muschel geahnt hätte, wie man sie hier in Tikal empfangen würde, dann hätte er sie gewiß nicht auf die lange Reise durch den Dschungel geschickt. Wenn ihr Blitz-Schleuder nicht gefiel, dann würde sie ihn eben nicht heiraten, basta! Mochte er betteln, wie er wollte!

Energisch schob sie das Kinn vor. Doch dann biß sie sich auf die Lippen. Ihr fiel ein, daß es nicht nur um sie ging. Rauch-Muschel wollte den gläsernen Schädel haben ...

Ein Schauder lief über ihre Haut. Der magische Schädel von Achtzehn-Kaninchen ... Rauch-Muschel brauchte ihn unbedingt, wenn er zukünftiges Unheil von der Stadt Copan abwenden wollte. Ihr Onkel war gerade dabei, einen großartigen Tempel in Copan bauen zu lassen. Das Bauwerk würde alle anderen Gebäude in den Schatten stellen. An der Seitenwand sollten die Abbildungen der früheren Könige von Copan zu sehen sein. Auch Achtzehn-Kaninchen würde dort auftauchen ...

Das war natürlich eine etwas heikle Angelegenheit. Rauch-Muschel wußte genau, daß Achtzehn-Kaninchen von Cauac-Himmel, einem seiner Gefolgsmänner, öffentlich geopfert worden war. Niemals war Cauac-Himmel für diese Untat bestraft worden. Das Leben in Copan war auch ohne Achtzehn-Kaninchen weiter seinen Gang gegangen. Der Geist des toten Königs mußte also sehr unzufrieden sein und ruhelos im Jenseits umherstreifen. Und wenn man ein Abbild von Achtzehn-Kaninchen schuf, würde die Erinnerung an den einstigen Herrscher von Copan wieder erwachen. Dadurch würde der Geist stark werden und Macht bekommen – genug Macht, um Rauch-Muschel und die Stadt Copan zu verfluchen.

Die Priester hatten Rauch-Muschel von seinem Plan abgeraten. Wenn er das Bauwerk schuf, dann sollte er das

Kunstwerk von Achtzehn-Kaninchen einfach weglassen. Es kam öfter vor, daß Herrscher totgeschwiegen wurden und man die Erinnerung an sie auszulöschen versuchte. Manchmal wurden Namen und Gestalten auf den Bauwerken hinterher sogar ausgemeißelt.

Doch Rauch-Muschel hatte sich nicht von seinem Plan abbringen lassen. Achtzehn-Kaninchen war ein bedeutender Herrscher von Copan gewesen, und er sollte sein Abbild auf dem neuen Tempel bekommen. Der Oberpriester hatte lange über dem Problem meditiert, und er glaubte schließlich, eine Lösung gefunden zu haben. Wenn man den gläsernen Schädel von Achtzehn-Kaninchen feierlich im Tempel einmauerte, dann würde der Geist des toten Herrschers besänftigt und er würde Rauch-Muschel fortan wohlgesonnen sein.

Doch wo war der gläserne Schädel?

Weder Rauch-Muschel noch ein Priester hatten den sagenhaften Schädel von Achtzehn-Kaninchen je mit eigenen Augen gesehen. Lebensgroß sollte er sein und ganz aus Bergkristall geschnitzt – ein außerordentliches Werk eines Künstlers, dessen Namen man nie erfahren hatte. Rauch-Muschel hatte Boten ausgeschickt und war jedem Gerücht nachgegangen. Einem glücklichen Zufall war es zu verdanken, daß Rauch-Muschel bald erfuhr, wo sich der gläserne Schädel befand. Händler aus Tikal, die sich in Copan aufhielten, um dort ihre Waren zu verkaufen, wußten etwas von dem Schädel. In Tikal wurden ihm magische Eigenschaften zugeschrieben. Man konnte mit ihm die Zukunft befragen. War der Schädel klar und durchscheinend, dann sah es gut aus. War er aber milchig trüb, dann stand Unheil bevor …

An dieser Stelle wurde Feder-Schlange aus ihren Überlegungen gerissen. Schritte ertönten auf dem Gang. Kurz darauf wurde der Türvorhang zur Seite geschlagen, und ein dicker Mann trat ein, gefolgt von den beiden Aufpassern, die Feder-Schlange seit gestern abend unter ihre Fittiche genommen hatten.

Feder-Schlange starrte den Mann an. Erst nach einigen Sekunden ging ihr auf, daß es der König sein mußte, denn er war viel prächtiger gekleidet als alle anderen Leute, die Feder-Schlange bisher in Tikal gesehen hatte.

„Du wolltest mit mir sprechen?“ fragte Blitz-Schleuder.

„Es wird auch Zeit, daß Ihr Euch blicken laßt“, entgegnete Feder-Schlange eisig. Noch immer hatte sie die Arme verschränkt und trommelte mit ihren Fingern ungeduldig auf den Ellbogen. „Ich habe einen anderen Empfang erwartet! Man greift mich auf und nimmt mich gefangen! Und anstatt gleich zum König geführt zu werden, kann ich mir die Beine in den Bauch stehen.“

Blitz-Schleuder musterte die junge Frau, die ihm gegenüber stand, die Augen vorwurfsvoll auf ihn gerichtet. Er wußte nicht, was er von ihr halten sollte. Sie mußte königlicher Abstammung sein, denn sonst hätte sie es nie gewagt, in einem solchen Tonfall mit ihm zu reden.

„Es tut mir leid, daß du warten mußtest“, murmelte er. „Aber es standen eine Menge dringender Dinge an, die ich zuerst erledigen mußte, bevor ich mich um dich kümmern konnte.“

Feder-Schlange preßte beleidigt die Lippen zusammen.

„Hattest du eine anstrengende Reise?“ fragte Blitz-Schleuder.

„Anstrengend? Das kann man wohl sagen!“ Feder-Schlange stieß die Luft aus. „Aber die Reise durch den Dschungel war nichts im Vergleich zu jenem Abenteuer, das mir kurz vor Tikal passiert ist.“ Sie blitzte den Herrscher an.

„Deine Begleiter haben mir schon mitgeteilt, daß sich etwas Außergewöhnliches ereignet hat“, entgegnete der König.

Seltsamerweise wurde Feder-Schlange daraufhin noch wütender. „Meine Begleiter? Sind sie hier? Warum haben die Faultiere nicht auf mich gewartet? Ich mußte den ganzen Weg nach Tikal zu Fuß gehen!“

„Ich hoffe, ich bekomme von dir eine Erklärung, was das

Ganze zu bedeuten hat", antwortete Blitz-Schleuder. Er beschloß, sich nicht aus der Ruhe bringen zu lassen. Auf eine Kopfbewegung hin breiteten die beiden Wächter ein Jaguarfell aus, auf das sich der Herrscher setzte. Er lud Feder-Schlange ein, ihm gegenüber Platz zu nehmen. Die Frau kauerte sich zögernd hin, ohne den Herrscher aus den Augen zu lassen.

„Nun?"

„Ich habe gedacht, Ihr könntet mir eine Erklärung geben", kam die schnippische Antwort. „Euer Wald vor Tikal scheint verhext zu sein. Mit einem Mal waren alle Bäume verschwunden, und ich fand mich in einem kleinen, seltsamen Raum wieder. Alles war ganz anders als bei uns oder bei Euch." Feder-Schlange suchte nach den passenden Worten. „Drei Kinder und ein Mann tanzten dauernd um mich herum. Erst konnte ich sie nicht verstehen, dann schluckten sie kleine grüne Kügelchen, und plötzlich redeten sie in meiner Sprache." Feder-Schlange zog die Augenbrauen zusammen. „Es muß Zauberei gewesen sein, was sonst?"

Blitz-Schleuder fand die Erzählung sehr merkwürdig. Er wußte nicht, was er davon glauben sollte.

„Und weiter?"

„Sie fingen einen heiligen Vogel, der in dem Raum herumflog, und sperrten ihn in einen Käfig. Dann drückten sie auf einen kleinen Kasten, den ich zuerst für einen schwarzen Stein hielt. Eine große Sänfte erschien aus dem Nichts. Zuerst dachte ich, es sei ein Trugbild, aber ich konnte das Ding anfassen. Sie zwangen mich, einzusteigen. Innen waren rote Lichter, die brannten, ohne die Sänfte zu verbrennen. Nach einer kurzen Zeit ließen sie mich aussteigen. Wir waren wieder im Dschungel. Sie drückten erneut auf den schwarzen Stein, und die Sänfte verschwand, als hätte es sie nie gegeben."

„War das alles?"

„Ziemlich. Ich rannte dann weg. Nein, halt, zuvor ließen sie noch den heiligen Vogel fliegen. Sie machten überhaupt einen ziemlichen Wirbel um das Tier. Wahrscheinlich brauchten sie es für ihre Zaubereien.“ Feder-Schlange verstummte und sah den König herausfordernd an.

„Und warum, glaubst du, haben sie dich verzaubert?“

„Gerade das wollte ich Euch fragen. Wenn Ihr nicht die Hände im Spiel habt, wer dann? Meine Begleiter waren natürlich weg, und ich konnte sie nicht mehr finden. Und als ich endlich Tikal erreichte, haben mich Eure Wachen gleich festgenommen.“

„Und du hast die Männer gebissen“, ergänzte Blitz-Schleuder.

Feder-Schlange verschränkte die Arme. „Wie soll sich eine arme, schwache Frau denn sonst wehren?“

Blitz-Schleuders Mundwinkel zuckten. Er hatte große Mühe, ernst zu bleiben.

Feder-Schlange war seine Reaktion jedoch nicht entgangen. Sie schnaubte vor Wut. „Was, Ihr macht Euch lustig über mich? Wozu bin ich überhaupt nach Tikal gekommen? Etwa um Euch zu heiraten? Ich denke nicht daran!“ Das Temperament ging mit ihr durch, und der gläserne Schädel war ihr im Moment völlig egal. „Ich werde auf der Stelle nach Copan zurückkehren. Das brauche ich mir nicht bieten zu lassen!“ Sie reckte ihre Nase in die Luft.

Blitz-Schleuder verspürte ebenfalls wenig Lust, die streitbare Feder-Schlange zu seiner Frau zu machen. Zwar hatte er noch immer keine Erklärung für die seltsamen Vorgänge im Dschungel, aber ein neuer Gedanke blitzte in seinem Kopf auf: Vielleicht meinten es die Götter ja gut mit ihm! Möglicherweise hatten sie den Austausch vorgenommen, um ihn vor einem schlimmen Schicksal zu bewahren … Er erhob sich vom Boden und wandte sich in Richtung Tür.

„Ihr wollt schon gehen?“ fragte Feder-Schlange. Daß der Herrscher sie so einfach verließ, paßte ihr auch nicht. Jetzt tat es ihr doch leid, daß sie so ruppig zu ihm gewesen war.

Einen Moment lang stellte sie sich vor, wie es wäre, wirklich nach Copan zurückzukehren – ohne den Kristallschädel von Achtzehn-Kaninchen. Rauch-Muschel würde ungemein enttäuscht sein. Er hatte großes Vertrauen in seine Nicht gesetzt. Die ganze Zukunft Copans lastete sozusagen auf ihren Schultern. Wenn sie versagte, dann würde Rauch-Muschel sie vielleicht verstoßen ...

Feder-Schlange straffte sich und zwang sich zu einem Lächeln. „Ich wollte Euch nicht beleidigen, Herr. Meine Zunge geht oft ihre eigenen Wege, und dann rede ich unbedachtes Zeug. Seid mir bitte nicht böse." Sie klimperte mit den Augen und versuchte, so reizvoll wie möglich auszusehen. Sie klopfte auf das Jaguarfell. „Setzt Euch doch noch einen Moment zu mir. Es gibt sicher viele Dinge zu besprechen."

Blitz-Schleuder zögerte. „Ich weiß nicht ... Eigentlich rufen mich dringende Regierungsgeschäfte."

Feder-Schlange setzte eine bezaubernde Meine auf. „Ich würde mich über Eure Gesellschaft wirklich freuen. In Copan habe ich schon viel von Euch gehört. Jetzt sehe ich Euch endlich mit eigenen Augen. Ihr übertrefft alle meine Erwartungen."

Das war nicht einmal gelogen. Feder-Schlange hatte nicht erwartet, daß Blitz-Schleuder so dick sei. Das Fett schwabbelte in großen Polstern. Es gab wahrhaftig attraktivere Männer! Aber nur wenige waren so reich und einflußreich wie Blitz-Schleuder. „Und eine schönere Stadt als Tikal habe ich noch nie gesehen. Aber Copan ist auch ganz reizvoll. Wir haben einen phantastischen Ballspielplatz. Außerdem ist mein Onkel gerade dabei, einen prächtigen Tempel bauen zu lassen."

Blitz-Schleuder ließ sich erweichen und setzte sich noch einmal hin. Vielleicht hatte er doch vorschnell über Feder-Schlange ein Urteil gefällt. Eigentlich war das Mädchen recht nett.

„Wißt Ihr, was ich an Euch so unwiderstehlich finde?" säuselte Feder-Schlange.

„Was denn?“ Blitz-Schleuder fühlte sich geschmeichelt.

„Den Höcker auf Eurer Nase. Er sieht aus wie ein heiliger Berg.“

Blitz-Schleuder betastete verwirrt seine Nase. Ja, es stimmte, da war ein kleiner Knubbel. Er hatte sich oft darüber geärgert. Die Stelle war entstanden, als er sich in seiner Jugend einmal das Nasenbein gebrochen hatte. Der Bruch war ungleichmäßig zusammengwachsen, und lange hatte er den Spott seiner Kameraden ertragen müssen.

„So ’ne süße Hubbelnase“, flüsterte Feder-Schlange. „Wenn Ihr die Wächer rausschickt, erzähle ich Euch von dem Kaninchen, das ich mal hatte. Es besaß genau den gleichen niedlichen Höcker. Ich hab’ es jeden Abend auf die Nase geküßt …“

Blitz-Schleuder ging ruhelos auf und ab. Seine Gedanken kreisten. Er wußte selbst nicht, was er tun sollte. Eigentlich hätte er einige wichtige Angelegenheiten erledigen müssen, doch dazu verspürte er nicht die geringste Lust. Feder-Schlange und Götter-Geschenk gingen ihm ständig im Kopf herum. Für welche der beiden Frauen sollte er sich entscheiden? Feder-Schlange war jung und hübsch. Sie konnte sehr reizend sein, aber wenn man sich mit ihr anlegte, war sie unberechenbar und machte einem das Leben wahrscheinlich zur Hölle. Götter-Geschenk dagegen hatte schon viele Falten, aber ein warmes Herz, und sie konnte köstliche Speisen zubereiten. Das versprach ein angenehmes Leben an ihrer Seite. Nur schade, daß sie seine Sprache nicht verstehen konnte! So weit war Blitz-Schleuder mit seinen Überlegungen gekommen, als der Türvorhang zur Seite geschoben wurde und Wahrheit-Finder eintrat.

„Entschuldigt, wenn ich Euch belästigte, Hoheit.“

Blitz-Schleuder blickte den Priester stirnrunzelnd an. Er hatte doch ausdrücklich befohlen, nicht gestört zu werden.

Wahrheit-Finder öffnete einen Beutel und holte verschiedene Gegenstände heraus.

„Es ist ziemlich wichtig, Herr. Ich dachte, diese Sachen werden Euch vielleicht interessieren."

Er hielt zwei schwarze Kästchen in der Hand. Sie sahen im ersten Moment aus, als seien sie aus dunklem Stein gearbeitet. Als Blitz-Schleuder sie befühlte, spürte er, wie leicht sie waren.

„Ein unbekanntes Material", erklärte Wahreit-Finder. „Weder Stein noch Holz. Und wozu diese kleinen Erhebungen dienen, kann ich auch nicht sagen. Vielleicht handelt es sich um eine Art Schrift."

„Merkwürdig, sehr merkwürdig", sagte Blitz-Schleuder. Trotz seiner anderen Probleme faszinierten ihn die beiden kleinen Kästchen. Er fuhr mit seinen Fingern über die Erhebungen und spürte, wie sie unter dem Druck nachgaben.

„Vielleicht sind es Spielgeräte für Kinder?"

„Das habe ich auch schon überlegt", gab Wahrheit-Finder zu. „Aber eigentlich sind die Sachen nicht besonders robust. – Ich habe die ganze Nacht meditiert und darüber nachgedacht, wozu die Gegenstände dienen könnten, aber ich habe keine Antwort erhalten, keine Eingebung – nichts."

Blitz-Schleuder erkannte an den rotumränderten Augen des Priesters, daß dieser die Wahrheit sprach.

„Ich habe keine göttliche Hilfe bekommen", gestand der Priester. „Ihr wißt, daß es manchmal genügt, wenn ich einen Gegenstand mit den Händen berühre. Dann tauchen vor meinem inneren Auge Informationen über seinen Besitzer und seine Geschichte auf."

„Hm", brummte Blitz-Schleuder. Solche Sachen gingen über sein Verständnis. Ihm passierte das nie. Wahrheit-Finder besaß eben eine besondere Gabe.

„Aber bei dem Kästchen sah ich nichts.", erzählte der Priester. „Ich habe es lange probiert und auch verschiedene magische Mittel zu Hilfe genommen. Aber entweder waren die Sachen immun gegen Magie, oder ich hatte heute nacht nicht die nötige Konzentration."

„Möglich“, erwiderte Blitz-Schleuder. Er fragte sich, wozu er Priester und Magier beschäftigte, wenn sie wirklich geheimnisvollen Dingen nicht auf die Spur kommen konnten.

Als hätte Wahrheit-Finder seine Gedanken gelesen, sagte er: „Magie entzieht sich leider jeder Gesetzmäßigkeit. Manchmal klappt sie und manchmal nicht. Magie läßt sich nicht berechnen wie Mathematik. Und greift man zu starken Mitteln, dann läuft man Gefahr, daß die Dinge außer Kontrolle geraten.“

‚Wichtigmacher‘, dachte Blitz-Schleuder. ‚Mit so einer laschen Entschuldigung versucht er nur, seine eigene Unfähigkeit zu vertuschen.‘ Wut stieg in ihm hoch. Er wollte endlich wissen, welche Zaubereien sich im Dschungel von Tikal abspielten! Erst hatte er keine Braut und dann auf einmal zwei … Seltsame Gegenstände, ein Geist, der in Rätseln sprach, und undurchsichtige Besucher – es reichte ihm wirklich!

Wahrheit-Finder räusperte sich. „Da habe ich noch etwas Seltsames.“

Blitz-Schlange wandte sich um und sah, wie der Priester aus dem Beutel einige kleine bunte Behälter zog.

„Die Fremden trugen diese Gefäße an einer Schnur um den Hals“, berichtete Wahrheit-Finder. Vorsichtig öffnete er eine Kapsel und ließ den Inhalt auf die Hand gleiten.

„Seht, lauter grüne Kügelchen …“

In Blitz-Schleuders Kopf klickte es. Hatte Feder-Schlange nicht solche Kügelchen erwähnt?

„Gib das Zeug her.“ Der Herrscher roch daran und konnte nichts Außergewöhnliches feststellen. Er ging zur Tür und rief nach draußen: „Mein Vorkoster soll kommen. Auf der Stelle!“

„Die Kügelchen könnten vergiftet sein“, bestätigte Wahrheit-Finder. „Zwar konnte ich bei verschiedenen Tests kein Gift nachweisen, aber man weiß ja nie. Wenn Ihr wollt, probiere ich die grünen Perlen an mir selbst aus.“

‚Er bietet mir sein Leben an und will damit beweisen, daß ich ihm vertrauen kann‘, schoß es Blitz-Schleuder durch den Kopf. Laut sagte er: „Nein, ich brauche dich noch für andere Aufgaben.“

Wahrheit-Finder lächelte geschmeichelt.

Nach kurzer Zeit trat der Vorkoster ein.

„Ihr habt mich rufen lassen, Hoheit?“ fragte er mit einer leichten Verneigung.

„Du sollst eines von diesen Kügelchen probieren“, befahl Blitz-Schleuder.

„Was ist das?“ fragte der Vorkoster. „Samen von einer unbekannten Frucht? Ein Rauschmittel?“

„Wir wissen es selbst nicht“, antwortete Blitz-Schleuder.

Der Vorkoster nahm eine Pille, richtete seinen Blick zur Decke, um sich den Göttern anzuvertrauen, und schluckte sie.

„Und?“ fragte Blitz-Schleuder gespannt.

„Schmeckt nach gar nichts“, sagte der Vorkoster. „Es ist ganz sicher weder eine Delikatesse noch ein besonderes Gewürz.“

„Hm.“ Blitz-Schleuder ging wieder unruhig im Raum herum. „Wir müssen noch eine Weile abwarten, bevor wir die Kügelchen als harmlos einstufen können. Erzähle uns solange etwas, Vorkoster. Was gibt's Neues in der Küche?“

Der Mann grinste.

„So etwas habt Ihr noch nicht erlebt, Hoheit. Diese Frau, die Ihr Götter-Geschenk nennt, ist einfach umwerfend. Sie schmeißt den ganzen Laden und zaubert die tollsten Gerichte. Gerade hat sie einen Truthahn auf eine völlig neue Art zubereitet. Innen gefüllt mit einer köstlichen Pastete …“ Er leckte sich die Lippen.

Auch Blitz-Schleuder lief das Wasser im Mund zusammen. Sein Herz flog wieder Götter-Geschenk zu. Nur ein Dummkopf würde Feder-Schlange vorziehen!

„Merkst du etwas?“ fragte Wahrheit-Finder den Vorkoster.

„Schwindelgefühle? Übelkeit? Hat sich dein Herzschlag

verlangsamt?“ Er fühlte dem Mann den Puls. „Es scheint alles ganz normal zu sein.“

„Hörst du Geräusche, die zuvor nicht dagewesen sind?“ fragte Blitz-Schlange weiter. „Kannst du mich noch verstehen?“

„Warum sollte ich Euch nicht mehr verstehen können?“ wunderte sich der Vorkoster.

„Nur so. Es war bloß ein Gedanke“, erwiderte der König.

Nachdem sie noch eine Weile gewartet hatten, schickte er den Vorkoster wieder in die Küche.

„Aber gib sofort Bescheid, wenn du etwas Ungewöhnliches merkst!“

Der Vorkoster versprach es und verschwand.

„Das Mittel scheint harmlos zu sein“, meinte Wahrheit-Finder.

„Aber auch ohne Nutzen“, ergänzte Blitz-Schleuder, der insgeheim ein bißchen enttäuscht war.

„Möglicherweise dient es einem heiligen Zweck“, überlegte der Priester. „Oder es ist ein Liebeszauber.“ Er grinste. „Vielleicht wirkt Euer Vorkoster jetzt unwiderstehlich auf Frauen, wer weiß.“

Blitz-Schleuder runzelte die Stirn. Dieser Gedanke gefiel ihm gar nicht. Er beschloß, sich in die Küche zu begeben, um nach dem Rechten zu sehen. Außerdem hatte er Hunger.

Königin von Tikal

„Schon wieder da?“ wurde der Vorkoster von den anderen begrüßt.

„Was war denn Wichtiges los?“ Neugierige Blicke trafen ihn. Es war immerhin ungewöhnlich, daß der König den Vorkoster außerhalb der Mahlzeiten rufen ließ. Und in der Küche war man für jede Art von Neuigkeiten dankbar.

Auch Frau Schneider drehte sich kurz um. Sie sah, daß der Mann zurück war und daß sich die Leute um ihn scharten. Worum es ging, begriff sie nicht. Nach wie vor verstand sie kein Wort von der seltsamen, hektischen Sprache.

Sie wandte sich wieder ihrer Arbeit zu. Auf dem Stein vor ihr lag ein Hühnervogel, und sie war gerade dabei, ihn zu rupfen. Das Tier war ausgesprochen dürr, und die Mühe lohnte sich kaum.

„Kein Gramm Fett“, murmelte Frau Schneider vor sich hin. „Daraus kann man höchstens eine Suppe machen. Armes Vieh! Man hätte es gescheiter am Leben gelassen.“

Der Vorkoster spitzte die Ohren und schaute in ihre Richtung. Täuschte er sich, oder hatte Götter-Geschenk eben etwas gesagt? Hatten ihre Worte nicht deutlicher geklungen als sonst?

„Eins, zwei, drei“, zählte Frau Schneider und warf die Federn auf die Erde. „Vier, fünf, sechs. – Verflixte Plackerei! Hoffentlich finde ich überhaupt einen passenden Topf, worin ich das Huhn kochen kann. Es ist das dürrste Biest, das ich je gesehen habe. Die müßten hier mal die Hühner kennenlernen, die in unserem Garten herumlaufen. Dick und fett und mindestens dreimal so schwer wie diese Krücke hier.“ Sie wischte sich über die Stirn. Eine kleine Flaumfeder blieb in ihrem Haar hängen, was sie jedoch nicht bemerkte.

Der Vorkoster aber starrte Frau Schneider mit offenem Mund an. Er verstand jedes Wort!

„Götter-Geschenk“, stammelte er. „He, Götter-Geschenk, du redest ja!“

Frau Schneider zuckte zusammen. Jemand redete in ihrer Sprache! Sie blickte verwirrt auf und erbleichte. Der Vorkoster kam auf sie zu. Er sprach plötzlich deutsch!

Alles Blut wich aus Frau Schneiders Gesicht. Das ging nicht mit rechten Dingen zu! Mehr denn je war sie davon überzeugt, daß sie verrückt geworden war. Seltsam genug, daß sie sich in einer völlig fremden Umgebung befand! Daß die Leute eine andere Sprache redeten, war eigentlich logisch. Jetzt aber, da der Vorkoster auf einmal ihre Sprache kannte, zweifelte Frau Schneider ernstlich an ihrem Verstand. Sie stieß einen tiefen Seufzer aus.

„Wie kommt es, Götter-Geschenk, daß ich dich auf einmal verstehen kann?“ Der Vorkoster war erfreut und entzückt zugleich.

„Was faselst du da dauernd von einem Göttergeschenk?“ fragte Frau Schneider flatterig. „Ich kenne höchstens Götterspeise, aber ich weiß noch nicht, ob ich hier die richtigen Zutaten dafür kriege.“

Der Mann lächelte. „Nein, ich meine dich: Götter-Geschenk. Das ist dein Name.“

„Herrje!“ Frau Schneider schüttelte den Kopf. „Das wird ja immer besser.“ Sie holte tief Luft und erklärte mit flackerndem Blick: „Ich heiße Anna.“

„Anna“, betonte der Vorkoster. „Wie schön. Ich heiße eigentlich Wind-Schädel, aber man nennt mich hier nur Kaut-Alles.“

„Kaut-Alles“, wiederholte Frau Schneider schwach und hatte das Gefühl, gleich ohnmächtig werden zu müssen. Warum erwachte sie nicht aus diesem verrückten Traum? Sie kniff sich wieder einmal in den Arm. Es tat nur weh, aber die Szenerie blieb die gleiche.

„Es ist schön, daß ich dich jetzt verstehe“, meinte Kaut-Alles. „Es muß an der Zauberkugel liegen, die ich geschluckt habe. Ich werde gleich Blitz-Schleuder benachrichtigen.“

„Blitz-Schleuder“, murmelte Frau Schneider vor sich hin. „Wer im Himmel ist denn Blitz-Schleuder?“

Kaut-Alles wollte gerade zur Tür hinaus, als der König hereinkam.

Die beiden Männer stießen fast zusammen.

Kaut-Alles erstattete dem Herrscher sofort Bericht.

Jetzt begriff Frau Schneider gar nichts mehr. Kaut-Alles redete wieder in der fremden Sprache. Darauf zückte der König einen blauen Gegenstand, nahm etwas heraus und stopfte es sich in den Mund.

Frau Schneider aber hatte nur Augen für die blaue Kunststoffkapsel. Sie kannte die Kapsel. Das Ding lag normalerweise auf Heikes Regal. Frau Schneider hatte es oft genug abgestaubt. Die Kapsel stammte aus dem Haus des Professors! Und jetzt hatte sie der fremde König in der Hand! Der Herrscher schluckte eines jener erbsenartigen Kügelchen.

„Ihr werdet sie gleich verstehen können", haspelte Kaut-Alles. „Jedes Wort ist so klar wie Eure Muttersprache."

„Wenn du mich anlügst, rollt dein Kopf", drohte der König.

Frau Schneider starrte entsetzt von einem zum anderen.

„Sag ihm, daß du Anna heißt", forderte Kaut-Alles sie auf.

Frau Schneider kam sich dumm vor.

„Was soll das alles? Bin ich hier in der Klapsmühle? Ich habe dieses ganze Theater satt! Ich will nach Hause! Heim! Sofort! Auf der Stelle!"

Ein Leuchten ging über das Gesicht des Königs. Er kam auf sie zu und streckte ihr die Hände entgegen.

„Götter-Geschenk", säuselte er. „Ein Wunder ist geschehen. Ich verstehe es zwar nicht, aber Sturm-Himmel hat recht gehabt. *Etwas wird rätselhaft bleiben* ... Ich kann endlich mit dir reden! Oh, ich glaube, wir werden uns viel zu erzählen haben. Du kochst die phantastischsten Speisen, von denen mein Gaumen bisher nur geträumt hat. Der Himmel hat dich hierher nach Tikal geschickt. Die Götter haben dich mir geschenkt! Ach, wie bin ich glücklich!"

„Der König läßt ausrichten, er habe keine Zeit", meldete der Bote. Feder-Schlange funkelte den Mann zornig an. Dieser hob schuldbewußt die Schultern.

„Ich kann doch nichts dafür", entschuldigte er sich. „Ich habe die Botschaft genauso überbracht, wie Ihr es mir aufgetragen habt. Ich hätte Euch liebend gerne eine schönere Antwort gebracht, das könnt Ihr mir glauben."

„Tölpel", sagte Feder-Schlange verächtlich und drehte dem Boten den Rücken zu.

„Kann ich jetzt gehen?" fragte der Mann schüchtern.

„Warum bist du noch nicht fort?"

Soviel Unfreundlichkeit war der Bote nicht gewohnt. Er verneigte sich gewohnheitsmäßig und verließ mit schnellen Schritten den Raum.

Kaum war er weg, ließ Feder-Schlange ihrer Wut freien Lauf. Sie trommelte mit den Fäusten gegen die Wand.

„Unerhört! Dieser Schuft! Läßt mich einfach abblitzen! Das soll er mir büßen! So hält er sich an die Abmachungen!“

Tränen rollten ihr über die Wangen. Sie wischte sie verärgert weg. Nein, dieser Mann war es nicht wert, daß man wegen ihm weinte! Es war ihr verletzter Stolz, der ihr das Wasser in die Augen trieb. Also stimmten die Gerüchte doch, die man sich erzählte! Blitz-Schleuder war ganz fasziniert von der alten Schachtel, die ihn mit ihren Kochkünsten verhexte. Feder-Schlange ballte die Fäuste. ‚Meinetwegen‘, dachte sie grimmig. ‚Soll er doch! Er kann mir jedenfalls gestohlen bleiben. Ich stehe sowieso nicht auf Fettsäcke! Mit einem wie ihm verheiratet zu sein, brrrrr!‘ Natürlich wäre es schön gewesen, Königin von Tikal zu sein und über diese große Stadt zu herrschen. Sie hätte von Blitz-Schleuder verlangt, daß er ihr einen prächtigen Palast baute – mit einem Teich vor der Türe und schönen Gartenanlagen … Dort, im kühlen Schatten der Bäume, hätte sie dann die heiße Zeit verbracht. Diener hätten ihr mit Farnwedeln Luft zufächeln und die Fliegen vertreiben müssen …

Feder-Schlange preßte entschlossen die Lippen zusammen. Es führte zu nichts, diesen unsinnigen Träumen nachzuhängen. Wahrscheinlich wäre so ein Leben auch schrecklich langweilig. Außerdem hätte Blitz-Schleuder bestimmt Kinder von ihr gewollt, und das hätte bedeutet, daß sie sich mit Schwangerschaften die Figur ruinieren würde. Ganz zu schweigen von den Strapazen der Geburt, bei der eine Frau immer ihr Leben riskierte … Nein, danke!

Sie würde wieder nach Copan zurückkehren und erklären, daß Blitz-Schleuder nicht ihren Vorstellungen entsprochen hatte. Daher hätten sie in gegenseitigem Einvernehmen auf eine Hochzeit verzichtet.

Doch ein Problem blieb bestehen: Der gläserne Schädel von Achtzehn-Kaninchen!

Bisher hatte sie dem Herrscher gegenüber das Thema nur einmal kurz zur Sprache bringen können. Blitz-Schleuder hatte nicht gerade begeistert reagiert. Er hatte behauptet, der Schädel gehöre in den Bereich seiner Priester, und denen wolle er auf keinen Fall ins Handwerk pfuschen.

„Aber wenn Ihr etwas anordnet, dann müssen Eure Priester doch gehorchen?“ hatte Feder-Schlange nachgefragt. „Oder habt Ihr keine Macht über die Priester?“

„Doch, schon“, hatte Blitz-Schleuder ausweichend geantwortet. Nähere Erklärungen hatte er zu dem Thema nicht gegeben, aber Feder-Schlange hatte begriffen, daß der König großen Respekt vor den Priestern hatte. Die Dinge, die diese taten, entzogen sich seinem Verständnis. Er hatte Angst vor der Geisterwelt und allen übernatürlichen Begebenheiten. Deswegen wollte er mit der Priesterschaft gut auskommen.

Reine Feigheit!

Blitz-Schleuder würde den Schädel also vermutlich nicht freiwillig herausrücken, und als Brautgeschenk konnte Feder-Schlange ihn nicht mehr fordern.

Feder-Schlange reckte energisch den Kopf. Nun gut, dann würde sie den Schädel eben stehlen. Das Wohlergehen von Copan lag ihr sehr am Herzen. Sie würde den Schädel Rauch-Muschel übergeben, er würde ihn in den neuen Tempel einmauern lassen und damit alles Unheil von Copan abwenden, und Feder-Schlange würde als Retterin der Stadt in die Geschichte eingehen.

Vielleicht.

„Auf alle Fälle komme ich nicht mit leeren Händen zurück“, nahm sich Feder-Schlange vor. „Ich werde erzählen, wie schwierig es war, den Schädel zu beschaffen. Dann bin ich eine Heldin, und jedem, der behauptet, ich sei eine verschmähte Braut, wird mein Onkel den Kopf abschlagen lassen.“

Mit dieser Lösung war Feder-Schlange eigentlich sehr zufrieden. Jetzt fehlte nur noch der schwierigste Teil: Wie sollte sie an den gläsernen Schädel gelangen? Bestimmt war so ein heiliger Gegenstand gut unter Verschluß.

Aber sie würde herausfinden, wo der Schädel aufbewahrt wurde. Und sie würde ihn bekommen.

Sie bekam immer alles, was sie sich fest vorgenommen hatte.

„Wenn wir wenigstens die Sprachpillen hätten", jammerte Michael. „Aber diese Idioten haben sie uns ja abgenommen. Jetzt können wir uns überhaupt nicht mehr verständigen. So ein Mist!"

„Wir hätten darauf bestehen müssen, daß uns Wahrheit-Finder gleich verhört", brummte der Professor. Niedergeschlagen knetete er seine Hände. „Aber an so etwas hat natürlich keiner gedacht!"

Die Wirkung der Sprachpillen hatte inzwischen nachgelassen, und die Zeitreisenden konnten die Einheimischen nicht mehr verstehen. Als Wahrheit-Finder den Professor aus dem Verlies zog und ihm zahlreiche Fragen stellte, hatte dieser nur mit den Achseln zucken können. Der Priester hielt das Verhalten für Verstocktheit und ließ ihn nach kurzer Zeit wieder ins Verlies hinab. Die anderen kamen erst gar nicht an die Reihe.

„Was nun?" fragte Thomas ratlos.

„Wir können nur hoffen, daß etwas passiert, das zu unseren Gunsten spricht", erwiderte der Erfinder.

„Dann können wir warten, bis wir schwarz werden", murmelte Michael. „Du müßtest Archie so programmieren, daß er uns herausholt, wenn wir irgendwo festsitzen. So wie jetzt."

„Ein guter Vorschlag, aber leider ist so etwas viel zu kompliziert." Professor Ambrosius holte tief Luft. „Wenn sie uns wenigstens eine Fernbedienung gelassen hätten!"

„Die sitzen jetzt rund um den Tisch und nehmen die ganzen Fernbedienungen auseinander", prophezeite Michael.

„Sie hören wieder einmal Michael, den Schwarzseher“, bemerkte Heike. Ächzend kam sie hoch und wischte sich die Erde von den Fingern. „Du kannst weitermachen, wenn du Lust hast.“

Das Loch, das sie mühsam mit den Fingern gegraben hatten, war inzwischen so groß, daß eines der Kinder hineinpaßte. Die Grube füllte sich langsam mit Wasser. Das Buddeln war eine schmutzige, schmierige Angelegenheit, und mittlerweile zweifelten alle daran, daß es überhaupt einen Sinn hatte.

„Vielleicht kommen wir auf der anderen Seite der Erde raus.“ Michael ließ sich widerwillig auf die Knie nieder.

„Hauptsache, wir kommen irgendwo raus“, gab Heike zurück.

„Puh, wenn mich meine Mutter so sehen könnte!“ beschwerte sich Michael und beförderte eine Handvoll Erde aus dem Loch. „Sie würde die Hände über dem Kopf zusammenschlagen.“

„Wer weiß, ob wir unsere Eltern je wiedersehen“, murmelte Heike geknickt.

„Wer von uns ist denn jetzt der Schwarzseher?“ hakte Michael sofort ein. Er grub stöhnend eine weitere Handvoll Schlamm aus.

„Ich habe immer gedacht, daß ich aus dem Sandkastenalter heraus bin. Vor ein paar Jahren hätte mir das Buddeln sicher viel mehr Spaß gemacht. Hoffentlich ist hier unter der Mauer nicht gerade einer begraben worden. Ich habe nämlich wenig Lust –“

„Still“, gebot da der Professor und lauschte. „Ich glaube, ich habe Schritte gehört.“

„Vielleicht Frau Schneider, die Erbarmen mit den armen Gefangenen hat und uns ein Schnitzel runterwirft“, meinte Michael.

„Um sie mache ich mir die größten Sorgen“, gestand der Professor. „Wenn sie tatsächlich hier irgendwo im Dschungel gelandet ist, findet sie sich doch niemals zurecht! Sie ist sicher ganz auf sich allein gestellt. Die arme Frau! Hoffentlich wird sie nicht von wilden Tieren angegriffen!" Er stöhnte bei dem Gedanken. „Und ich bin schuld! Das verzeihe ich mir nie!"

„Vielleicht erreicht sie ja auch Tikal", meinte Heike.

„Dann wird sie bestimmt genauso eingelocht wie wir", vermutete Michael. „Warum soll es ihr besser ergehen als uns?"

Die Schritte über ihnen hatten sich wieder entfernt.

„Die wollen uns anscheinend aushungern." Professor Ambrosius seufzte. „Wißt ihr, was ich glaube? Jetzt kann uns nur noch ein Wunder retten."

„Genau", bestätigte Michael. „Wir sitzen wieder mal bis zum Hals im Schlamassel."

In diesem Moment glitt er aus und rutschte in die Grube. Es platschte. Nur der Kopf guckte noch heraus.

„Hab' ich's nicht gesagt?" schnaubte Michael. „Bis zum Hals!"

Kam jemand? Feder-Schlange preßte sich gegen die Wand und wartete, bis der Wächter durch den Gang marschiert war. Ihr Herz klopfte vor Aufregung. Sie ärgerte sich über sich selbst. Warum war sie so nervös? War es nicht ihr gutes Recht, sich den gläsernen Schädel zu beschaffen? Gehörte er nicht ohnehin nach Copan, wo Achtzehn-Kaninchen so lange regiert hatte? Und außerdem hatte Blitz-Schleuder ihr gegenüber etwas gutzumachen. Daß er diese Fremde namens Götter-Geschenk zur Königin von Tikal machen wollte, war die Höhe. Feder-Schlange hatte ihre Rivalin zwar noch nie mit eigenen Augen gesehen, aber den Gerüchten nach war sie häßlich wie die Nacht und außerdem steinalt.

Ganz klar, die Alte hatte den König behext. Es gab zahlreiche Liebeszauber, die man unauffällig ins Essen mischen konnte, und der Mann lag der Frau fortan zu Füßen und schenkte keiner anderen mehr einen müden Blick.

Feder-Schlange ballte die Fäuste. Man hatte sie mit unfairen Mitteln ausgestochen. Dafür würde sie sich rächen, ganz klar. Wenn sie erst einmal wieder in Copan war, würde sie einen Weg finden, Unglück über das Königshaus von Tikal zu bringen. Feder-Schlange hatte einflußreiche Freunde, die sich auch in der Kunst der Magie auskannten. Götter-Geschenk würde noch den Tag bereuen, an dem sie nach Tikal gekommen war!

Die Luft schien jetzt rein zu sein. Auf Zehenspitzen huschte Feder-Schlange über den Gang, sah sich vorsichtig um und nahm dann den Weg zur Treppe. Blitz-Schleuder ließ sie noch immer bewachen, aber ein paar schmachtende Blicke hatten genügt, um den Türwächter auf ihre Seite zu bringen. Er fraß ihr förmlich aus der Hand, und Feder-Schlange hatte ihn mit einem Vorwand weggeschickt. Sie wollte angeblich Blumen für ihren Raum.

„Hier in Tikal ist alles so kahl und häßlich", hatte sie behauptet. „In Copan ist es viel hübscher. Ich hatte jeden Tag einen Strauß duftender Orchideen im Zimmer. Solche Blumen wachsen in dieser Gegend wohl nicht?"

„Ich werde Euch beweisen, daß es sich lohnt, in Tikal zu bleiben", hatte der Türwächter mit einem Lächeln geantwortet.

„Du könntest mich vielleicht sogar dazu bringen, daß ich mir die Sache überlege", hatte Feder-Schlange erwidert, worauf der Mann richtig rot geworden war. Er war davongeeilt, um die Blumen zu besorgen, und Feder-Schlange nutzte die Chance, aus ihrem Zimmer zu entwischen. Wenn sie flink war, dann war sie möglicherweise zurück, bevor der Türwächter mit dem Orchideenstrauß ankam, und niemand würde ihre Abwesenheit bemerken.

Feder-Schlange verließ das Palastgebäude und versuchte, möglichst unauffällig auszusehen. Natürlich begegneten ihr Leute auf der Straße, aber sie wich den Blicken aus. Kaum jemand wußte, daß sie die Nichte von Rauch-Muschel aus Copan war.

Sie ging zum Tempelbezirk hinüber. Feder-Schlange war nicht die einzige Frau, die sich hier aufhielt. Manche Frauen waren gekommen, um von den Priestern Hilfe zu erbitten. Einige der Frauen wünschten sich schon lange ein Kind, aber ihre Bitten waren bisher noch nicht von den Göttern erhört worden. Manche Frauen wollten auch wissen, ob sie einen Sohn oder eine Tochter unter dem Herzen trugen.

Feder-Schlange erschrak sehr, als sie von einem fremden Mädchen angesprochen wurde.

„Suchst du hier auch Rat?"

„Ja", stammelte Feder-Schlange.

„Der Mann, den ich heiraten wollte, hat sich in eine andere Frau verliebt", seufzte das Mädchen. „Mein Herz ist gebrochen. Am liebsten würde ich sterben. – Aber du siehst auch nicht gerade glücklich aus."

„Ich bin der unglücklichste Mensch unter der Sonne", bestätigte Feder-Schlange und seufzte tief.

„Laß mich raten. An deinem Unglück ist ganz sicher ein Mann schuld."

„So ist es."

Das Mädchen schniefte. „Ich frage mich wirklich, wozu es Männer gibt. Sie bereiten einem nur Kummer." Eine große Träne rollte ihm über die Wange.

Feder-Schlange ergriff tröstend seinen Arm. Sie witterte eine Chance. „Genau aus dem Grund will ich mir ja das Horoskop stellen lassen. Kennst du dich hier aus? Wer ist der mächtigste Priester? Ich will gleich den richtigen aufsuchen, weißt du."

„Der mächtigste Priester ist ohne Zweifel Wahrheit-Finder", gab das Mädchen zur Antwort. „Das, was er sagt, stimmt fast immer. Aber er ist teuer. Er erteilt einen Rat nur gegen Gold." Das Mädchen musterte Feder-Schlange. „Du siehst nicht besonders reich aus."

‚Wenn sie wüßte, daß mein Onkel König von Copan ist', dachte Feder-Schlange. Laut sagte sie: „Das stimmt leider."

„Am billigsten ist das Horoskop von Wetter-Frosch. Der gibt dir auch Kredit, wenn du nicht gleich bezahlen kannst. Allerdings liegt er mit seinen Voraussagen oft daneben. Manchmal stimmen sie aber auch. Meine Freundin zum Beispiel –“

„Gut, ich werde es mal bei Wetter-Frosch probieren“, unterbrach Feder-Schlange den Redefluß des Mädchens. „Danke für den Tip.“ Sie eilte davon.

‚Wahrheit-Finder ist der wichtigste Priester‘, schoß es ihr beim Laufen durch den Kopf. ‚Aller Wahrscheinlichkeit befindet sich der gläserne Schädel bei ihm. Er wird ihn irgendwo aufbewahren. Ich muß ihn finden.‘ Sie biß sich auf die Lippen. Alles wäre viel einfacher gewesen, wenn sie auf jene Männer hätte zählen können, mit denen sie durch den Dschungel gereist war. Mit ihnen zusammen hätte sie Wahrheit-Finder leicht überwältigen können. Aber die Begleiter waren alle Feiglinge. Sie hatte ihnen eine verschlüsselte Botschaft geschickt, in denen sie „tapfere Männer für eine außergewöhnliche Aufgabe“ suchte. Aber kein einziger hatte sich bereit erklärt. Nur Blut-Auge hatte geantwortet, daß sie Feder-Schlange natürlich sofort wieder zurück nach Copan begleiten würden, wenn die Prinzessin es wünschte.

„Angsthasen“, knurrte Feder-Schlange jetzt. „Drückeberger! Auf niemanden ist Verlaß! Ich muß alles selbst in die Hand nehmen!“ Entschlossen stieg sie die Tempelstufen empor. Die Kunstwerke links und recht flößten ihr Respekt ein. Sie sahen furchterregend aus. Der Künstler, der sie geschaffen hatte, hatte eine grauenhafte Phantasie, oder er wurde ständig von Alpträumen geplagt. Feder-Schlange schüttelte sich vor Abscheu.

Und doch war dies ein heiliger Bezirk. Die Anwesenheit der Geister war fast spürbar. Die Luft war irgendwie merkwürdig. Feder-Schlange blieb stehen und schöpfte tief Atem. Sie spürte einen leichten Druck auf ihrer Brust, so als klammerte sich ein Dämon an ihren Hals.

‚Unsinn! Alles nur Einbildung!' sagte sich die Prinzessin. Und doch spürte sie eine Gänsehaut.

Sie spähte vorsichtig umher. Es war nirgends ein Priester zu sehen. Gut so! Falls doch einer auftauchte, würde ihr sicher eine Ausrede einfallen. Beispielsweise konnte sie fragen, wie sie die Liebe eines Mannes zurückgewinnen könnte ...

Sie umrundete eine Plattform und fand den Eingang zum Tempel. Drinnen herrschte Halbdunkel.

Sie sah ein Becken, in dem ein Feuer brannte, und einen Opferstein, auf dessen Vorderseite wiederum eine scheußliche Fratze angebracht war: halb Schlangenkopf, halb Phantasiemonster.

Feder-Schlange brach der Schweiß aus.

Sie gab sich selbst einen Ruck und schlich weiter. Eine zweite Tür führte in einen Nebenraum, der noch kleiner und finsterer war. Feder-Schlange drückte sich an der Wand entlang und wartete, bis sich ihre Augen an die Dunkelheit gewöhnt hatten. Anscheinend wurden hier Kultgegenstände aufbewahrt. Auf einem Steintisch lagen Obsidianlanzetten in verschiedenen Größen. Eine Reihe von Masken hing an der Wand. Der Priester benutzte sie bei den unterschiedlichsten Anlässen.

Eine Idee blitzte in Feder-Schlanges Kopf auf. Wenn sie eine Maske trug und erwischt wurde, würde man sie wenigstens nicht gleich erkennen. Sie nahm eine Jaguarmaske von der Wand. Vor lauter Nervosität riß sie gleich zwei andere mit herunter. Sie fielen zu Boden. Feder-Schlange ließ sie liegen. Jetzt war keine Zeit für Aufräumarbeiten!

Sie stülpte sich ungeschickt die Maske über den Kopf. Dem Ding haftete noch der wilde Raubtiergeruch an, und Feder-Schlange wurde es beinahe übel. Sie zwang sich, ruhig zu atmen. Jetzt durfte sie weder schlappmachen noch durchdrehen. Schließlich ging es um ihre Zukunft und um das Schicksal Copans.

Im Raum war weiter nichts Interessantes zu entdecken,

und Feder-Schlange setzte ihre Suche fort. Vielleicht befand sich der magische Schädel in der angrenzenden Kammer.

„Achtzehn-Kaninchen, gib mir ein Zeichen", flehte Feder-Schlange leise. „Schau, ich habe mit deinem Tod nichts zu tun. Ich bin nur eine arme Prinzessin, die von ihrem Bräutigam verschmäht wurde. Wenn ich ohne den gläsernen Schädel nach Copan zurückkehre, geht es mir schlecht. Hilf mir bitte!"

Sie hielt inne und lauschte. War da nicht ein Knacken in der Ecke gewesen? Täuschte sie sich, oder schwebte über dem Boden eine Rauchwolke?

Feder-Schlange schüttelte den Kopf. Die Einbildung spielte ihr einen Streich.

Wieder raschelte es in der Ecke. Dann quiekte etwas, und Feder-Schlange sah einen Schatten über den Boden flitzen. Es war eine Ratte oder eine Maus. Die Prinzessin preßte sich an die Wand. Sie hatte das Gefühl, gleich ohnmächtig werden zu müssen.

„Bitte, Achtzehn-Kaninchen", stammelte sie mit schwacher Stimme. „Du willst ja bestimmt in deine Heimatstadt Copan zurück, wo du so lange König gewesen bist. Ich bring' dich dorthin. Du mußt mir nur sagen –", sie holte tief Atem, „wo dein verdammter Schädel ist!"

Ihr Blick fiel auf eine Nische. Ihr Herzschlag stockte. Ein Totenkopf grinste sie an. Leider war es ein echter – und somit der falsche.

Feder-Schlange stieß die Luft wieder aus. Fehlanzeige! Also weiter!

Gerade, als sie die Kammer verlassen wollte, hörte sie im Nebenraum Schritte. Der Priester kam!

Feder-Schlange verhielt sich ganz reglos und hoffte, daß der Mann nichts aus der Kammer holen wollte. Er sollte möglichst schnell wieder verschwinden!

Doch der Priester ging lange nebenan umher. Gerade, als Feder-Schlange dachte, er werde sich endlich entfernen, kam ein anderer Priester dazu. Die beiden unterhielten sich, und Feder-Schlange verstand jedes Wort.

„Ob die Hochzeit gut für Tikal ist?“

„Niemand weiß, woher die Braut kommt. Ich befürchte, Blitz-Schleuders Ansehen wird bei der Bevölkerung leiden.“

„Ob es Unruhen geben wird?“

„Das läßt sich nicht ausschließen. Ich habe den König davor gewarnt. Aber er ist völlig uneinsichtig. Die Hochzeit wird stattfinden, und vermutlich schon ziemlich bald.“

„Gibt es nichts, womit man ihn von seinen Plänen abbringen könnte?“

„Mir fällt nichts ein.“

„Und der Schädel? Vielleicht wird es Blitz-Schleuder nachdenklich stimmen, wenn der Schädel eine schlechte Zukunft für Tikal verheißt.“

„Gute Idee. Wir werden der Sache etwas nachhelfen. Das Orakel zu beeinflussen, ist ja ziemlich einfach. Du weißt, was du tun mußt?“

„Klar. Bevor ich den Schädel befrage, muß ich ihn an einem sehr kühlen Ort aufbewahren. Wenn ich ihn dann ins Warme trage, beschlägt seine Oberfläche, und der Schädel erscheint trübe. Dann steht es schlecht um die Zukunft von Tikal!“

Feder-Schlange stand der Schweiß auf der Stirn – weniger aus Entsetzen über die priesterlichen Betrügereien, sondern vor Aufregung. Ohne Zweifel sprachen die beiden über den gesuchten Totenkopf!

Doch das Gespräch war noch nicht zu Ende.

„Wann willst du die Zeremonie durchführen?“

„Am besten schon morgen früh. Nach dem Kalender ist morgen ein guter Tag für Prophezeiungen.“

„Gut, dann gebe ich dir den Schädel gleich mit, damit du alle Vorbereitungen rechtzeitig treffen kannst.“

Feder-Schlange zitterte am ganzen Leib. Wurde ihr Plan zunichte gemacht? Oder bot sich jetzt eine Chance?

Sie hörte, wie der Oberpriester fortging und aus der gegenüberliegenden Kammer etwas holte. Also befand sich der Schädel dort! Feder-Schlange krallte vor Spannung ihre Fingernägel so fest in ihre Arme, daß es schmerzte.

„So, hier ist er."

„Ich bräuchte auch noch etwas Weihrauch. Meine Vorräte sind fast verbraucht. Neulich, als Blitz-Schleuder Sturm-Himmel beschwören wollte, mußte ich fürchterlich räuchern, um genügend Qualm zu erzeugen. Es hat auch ordentlich gewabert, hihi." Der Priester kicherte. „Ich glaube, Blitz-Schleuder war zufrieden. Der Weihrauch hat ihn so benebelt, daß er fast vom Thron gefallen ist."

„Welche Sorten brauchst du?"

„Hm ... ich weiß nicht. Was hast du denn da?"

„Komm mit, und such dir selbst heraus, was du benötigst."

Die Schritte entfernten sich. Feder-Schlange wartete noch einige Augenblicke, dann verließ sie ihr Versteck und schnellte in den Nebenraum. Der gläserne Schädel von Achtzehn-Kaninchen lag auf einem Stein. Feder-Schlange erblickte ihn zum ersten Mal. Er war tatsächlich so groß wie ein echter Totenkopf. Doch jetzt blieb keine Zeit, ihn genauer zu betrachten. Das konnte sie später tun. Es galt, die Gelegenheit zu nutzen.

Feder-Schlange ergriff den Schädel mit beiden Händen. Er war kalt und glatt. Sie war erstaunt über sein Gewicht. Sie hatte nicht damit gerechnet, daß er so schwer sein würde.

Da hörte sie schon, wie die beiden Priester zurückkehrten.

„In der anderen Kammer ist noch mehr."

Nichts wie weg! Feder-Schlange rannte los. In der Aufregung verwechselte sie die Türöffnungen und landete in einem Raum, in dem sie noch nicht gewesen war. Zu allem Überfluß rutschte ihr auch noch die Jaguarmaske übers Gesicht, so daß sie nichts mehr sehen konnte. Als Feder-

Schlange die Maske hochschob, wäre ihr beinahe der Schädel aus der Hand geglitten. Im letzten Moment fing sie ihn auf.

Da kamen bereits die Priester zurück.

„Der Schädel ist weg!"

„Vielleicht ist er heruntergefallen."

„Dann hätten wir eigentlich ein Geräusch hören müssen. – Hier unten liegt er nicht."

„Aber er muß irgendwo sein. Er kann sich doch nicht in Luft aufgelöst haben!"

Feder-Schlange hörte, wie die Männer herumgingen und suchten.

„Er muß gestohlen worden sein!"

„Dann kann der Dieb noch nicht weit sein! Ich gehe nach rechts, und du schaust links nach!"

Feder-Schlange spannte sich. Sie wartete direkt neben der Tür. Als der Priester hereinkam, schnellte sie vor, rammte ihm den gläsernen Schädel in den Magen und flutschte an dem Mann vorbei in den Nebenraum.

„Aaaaahhhh ... Da ist er!" Der Priester ging in die Knie und stöhnte. Er hielt sich den Magen. „Laß ihn nicht laufen!"

Doch Feder-Schlange war schneller als der andere Mann. Diesmal erwischte sie den richtigen Ausgang, verließ den Tempel und flog förmlich die Treppe hinunter. Der Schädel von Achtzehn-Kaninchen schien ihr übernatürliche Kräfte zu verleihen. Leider kamen ihr ein paar Priester entgegen, die sofort die Situation begriffen.

„Haltet den Dieb!" schrie der Oberpriester von der Plattform des Tempels herunter. „Er hat den Schädel!"

Feder-Schlange lief um ihr Leben. Die Jaguarmaske hing längst wieder schief, und der gläserne Schädel wurde mit jedem Schritt schwerer. Sie hörte, wie die Verfolger näherkamen und wußte, daß sie es nicht schaffen würde.

„Hilf mir, Achtzehn-Kaninchen, los!" keuchte sie.

„Warum stehst du mir nicht bei, du Schuft? Um dich geht's doch!“

Sie bog um eine Ecke und erreichte eine freie Fläche. Nein, links war ein Gebäude. Schnell dort hinein! Vielleicht liefen die Verfolger dann an ihr vorbei!

Sie stolperte über den Türstein und fiel. Der Schädel entglitt ihren Händen und kullerte durch den Raum. Fassungslos sah Feder-Schlange zu, wie der gläserne Totenkopf zu einem Loch rollte und schwankend am Rand liegen blieb. Während sich Feder-Schlange noch aufrappelte, verschwand der Totenkopf. Tief unten in der Erde schrie jemand erschrocken auf.

Feder-Schlange reagierte instinktiv. Sie zerrte die Jaguarmaske vom Gesicht und warf sie hinterher. Dann verließ sie den Raum und kroch bäuchlings um das Gebäude herum. Nachdem sie sich vergewissert hatte, daß ihr niemand folgte, kam sie auf die Füße und stürzte davon.

„Fast wär' ich von dem Ding erschlagen worden“, beschwerte sich Michael. „Haarscharf ist es an meinem Ohr vorbeigesaust!“

Die Zeitreisenden hatten einen Riesenschreck bekommen, als plötzlich von oben ein Gegenstand zu ihnen ins Verlies gefallen war.

Der gläserne Schädel war in der aufgeworfenen Erde gelandet und daher nicht zersplittert. Der Professor und die Kinder betrachteten staunend und mit leichtem Gruseln den ungewöhnlichen Totenkopf. Heike hob die Jaguarmaske auf.

„Igitt, die sieht ja ekelhaft aus.“

„Schönen Gruß aus der Hölle“, meinte Michael. „Ob uns da jemand umbringen wollte?“ Er schielte mißtrauisch in die Höhe. „Werfen die etwa noch mehr Abfall runter?“

Doch es war niemand zu sehen.

„Die hätten lieber wieder den Deckel auf unser Verlies

legen sollen“, brummte der Professor. „Es ist nicht gerade lustig, erschlagen zu werden.“

Michael drehte den Schädel in den Händen und wischte die Erde ab. „Hübscher Briefbeschwerer, würde ich sagen. – Ob das der Schädel ist, den unsere reizende Prinzessin ein paar Mal erwähnt hat?“

„Der Schädel mit dem Fluch“, ergänzte Heike.

Michael ließ ihn sofort fallen.

„Ihr seid doch nicht etwa abergläubisch?“ fragte Professor Ambrosius.

„Ach, woher denn? Ich wollte nur testen, ob das Ding wirklich unzerbrechlich ist.“ Michael bückte sich. „Der Schädel bringt uns natürlich Glück. Es hätte uns ja nichts Besseres passieren können, als von ihm getroffen zu werden. Erschlagen zu werden ist immerhin angenehmer als langsam zu verhungern.“

„Hast du noch mehr so nette Weisheiten?“ fauchte der Professor ihn an.

Michael zuckte mit den Achseln. „Wieso? Stimmt doch! Die lassen uns glatt verhungern. Wir haben seit mindestens acht Stunden nichts mehr zu essen gekriegt. Fühl doch mal.“ Er streckte seinen Arm aus. „Ich bin schon total abgemagert. Richtig vom Fleisch gefallen.“

„Wirklich schlimm“, sagte Heike spitz, die natürlich keinen Unterschied feststellen konnte. Michael übertrieb mal wieder – wie immer.

Plötzlich wurden Stimmen über ihnen laut.

Als die Zeitreisenden aufschauten, sahen sie, wie sich einige Gesichter über den Rand beugten.

„Na also“, sagte Michael zufrieden. „Es wird auch Zeit. Fütterung der Raubtiere!“

„Quatsch.“ Die Mienen der Männer gefielen Heike überhaupt nicht. „Ich glaube, die gucken wegen des Schädels.“

Michael hielt den Totenkopf hoch. „Vermißt ihr den da?“

Aufgeregtes Gemurmel ertönte.

„Ich glaube, das hättest du nicht tun sollen“, entgegnete der Professor langsam.

„Ich hatte doch keine Ahnung“, stammelte Michael.

„Es macht dir ja auch niemand einen Vorwurf“, entgegnete Thomas müde.

„Das ist ein schreckliches Komplott.“ Professor Ambrosius seufzte. Alle Anzeichen wiesen darauf hin, daß man sie als Schädeldiebe verdächtigte. Sie waren von Wahrheit-Finder verhört worden, aber da sie keine Sprachpillen hatten, konnten sie sich auch nicht verteidigen. Jetzt warteten die Zeitreisenden im Nebenraum, während die Priester noch immer berieten.

„Ich verstehe nicht, daß sie glauben, wir hätten das Verlies verlassen können.“ Michael tippte sich an die Stirn. „Wie denn? Meinen sie, wir können hochspringen wie Känguruhs?“

„Aus irgendeinem Grund war die Jaguarmaske sehr wichtig“, bemerkte Heike.

„Wahrscheinlich hat der Dieb die Maske getragen. Als er verfolgt wurde, wollte er das Zeug möglichst schnell loswerden“, vermutete der Professor.

„Und hat es zu uns reingeworfen. Wie schön.“ Michael verdrehte die Augen. „Was nun?“

„Ich habe ein ungutes Gefühl“, gestand Heike.

„Auf dieser Reise haben wir anscheinend wirklich nichts als Unglück“, bestätigte der Professor.

„Angefangen hat der ganze Mist mit Feder-Schlange“, sagte Michael.

„Sei du bloß ruhig“, meinte Heike. „Hättest du nicht Hunger gehabt, wäre kein Mensch an den Mikrowellenherd gegangen, und wir säßen jetzt nicht hier.“

„Ach Kinder, hört doch auf zu streiten“, stöhnte der Professor und preßte seine Hände gegen die Schläfen. „Wir müssen eben abwarten, was weiter geschieht. Noch ist nicht alles verloren.“

In diesem Moment kam Wahrheit-Finder herein. Er sprach gestenreich und mit wichtiger Miene auf die Zeitreisenden ein. Die Priester links und rechts von ihm nickten.

„Ich verstehe nur Bahnhof“, murmelte Michael. „Verkünden die jetzt das Urteil?“

„Es sieht so aus“, erwiderte der Erfinder. „Und wenn ich mich nicht ganz täusche, dann laden sie uns zu einem Ballspiel ein.“

„Zu einem Ballspiel?“ Michaels Gesicht erhellte sich. „Na, wenn's nichts Schlimmeres ist!“ Doch die Miene des Professors machte ihn stutzig. Dieser war nämlich totenbleich. „Es ist doch nicht schlimm, oder?“

„Die Maya haben die Angewohnheit, den Verlierern den Kopf abzuschlagen“, antwortete Professor Ambrosius tonlos.

„Scher dich weg! Los, fort mit dir!“

Ein Maya-Krieger trat nach Moorteufel, um den Hund zu verscheuchen.

„Armer Moorteufel“, sagte Heike.

„Dem geht's noch immer besser als uns“, ächzte Michael.

Thomas schluckte. „Tschüs, Moorteufel. Paß gut auf dich auf. Vielleicht sehen wir dich im nächsten Leben wieder.“

Moorteufel setzte sich auf die Hinterpfoten und winselte. Er schien den Abschied zu fühlen.

„Ich glaube nicht an Wiedergeburt“, brummte Professor Ambrosius dumpf. „Aber ich glaube auch nicht, daß mit dem Tod alles zu Ende ist. Das wär' doch sinnlose Verschwendung. All die Erfahrungen, die man im Leben gemacht hat, all das Wissen … Hach, ich weiß einfach nicht.“

Heike seufzte. Dann schluchzte sie auf. „Ich will nicht sterben.“

„Das will keiner von uns“, erwiderte Thomas. Er wollte den Arm um das Mädchen legen, aber der Krieger, der neben ihnen ging, ließ es nicht zu.

Die Zeitreisenden trotteten durch Tikal. Niemand von

ihnen hatte mehr Sinn für die prächtige Stadt; keiner bewunderte die großen Bauwerke, die sich über dem Dschungel erhoben.

Heike starrte auf den Boden und zählte automatisch die Schritte: dreiundvierzig, vierundvierzig ...

Die Straßen waren gesäumt von Schaulustigen.

„Gaffer gibt's wohl überall", brummte der Professor. „Ob bei einem Unfall oder bei blutigem Kampf ... Die Menschen sind zu allen Zeiten gleich ..."

„Ich will nicht sterben", wiederholte Heike mit tränenerstickter Stimme. „Schon gar nicht wegen eines Diebstahls, den wir nicht begangen haben!"

„Auch der König sieht bei solchen Schauspielen zu", bemerkte der Professor. „Wenn mich nicht alles täuscht, dann ist es der Dicke dort mit dem Jaguarfell. Ob es wohl hilft, sich vor ihm auf die Knie zu werfen?"

„Und neben dem König steht Frau Schneider", sagte Thomas plötzlich.

„Du spinnst", meinte Michael sofort. „Du hast Halluzinationen. Dein Gehirn gaukelt dir schon Trugbilder vor, weil wir alle bald tot –" Er brach ab und riß die Augen auf. „Ich werd' verrückt! Das ist sie ja wirklich!"

„Ich ahnte es, daß sie hier irgendwo ist", sagte der Professor. Seine Stimme klang freudig überrascht. Dann wurde er wieder ernst. „Leute, wir haben noch fünfzig Meter, um uns einen Plan auszudenken."

„Sie muß uns retten", stammelte Heike.

„Warum steht Frau Schneider neben dem König?" fragte Michael.

„Feder-Schlange wollte als Braut nach Tikal", murmelte der Professor. „Sie und Frau Schneider wurden vertauscht. Den Rest kannst du dir denken."

„Denk' ich lieber nicht, weil's zu verrückt ist", stammelte Michael. „Frau Schneider, die Braut des Königs ..."

„Wundern kannst du dich später", flüsterte der Professor. „Jetzt sind wir gleich da. Sei höflich und verbeuge dich."

Die Zeitreisenden erreichten den König und seinen Hofstaat. Die Jungen und der Professor verbeugten sich. Heike machte eine Art Knicks.

Der Erfinder hob den Kopf und sah Frau Schneider an.

„Majestät“, sagte er leise. „Täusche ich mich, oder haben wir uns schon einmal gesehen?“

Frau Schneider rang nach Luft. Sie wurde so weiß wie die Federn an ihrem Kleid. „Wie? Was? Sie hier?“

„Das Maya-Kostüm steht Ihnen gut.“ Der Professor lächelte und bemühte sich, kein Aufsehen zu erregen. „Hören Sie zu, ich werde Ihnen alles erklären. Später. Man hat uns die Fernbedienungen abgenommen. Sehen Sie zu, daß Sie eine davon finden. Nehmen Sie sie mit zum Ballspielplatz. Achten Sie auf mein Zeichen. Die Zahlen drücken Sie dann. Das ist unsere einzige Möglichkeit, ins Zwanzigste Jahrhundert zurückzukehren.“ Er verneigte sich tief, auch vor dem König. „Ich empfehle mich!“

Der Zug ging weiter. Frau Schneider starrte den Zeitreisenden mit offenem Mund nach. Sie glaubte zu träumen.

Blitz-Schleuder war gerade abgelenkt gewesen. Er hatte zwar mitbekommen, daß sich Frau Schneider mit den Gefangenen unterhielt, aber er hatte nur ein paar Worte davon verstanden. Er schluckte regelmäßig die magischen Pillen, um sich mit seiner Braut ständig unterhalten zu können.

„Was haben sie zu dir gesagt, mein Götter-Geschenk? Haben sie etwa um ihr Leben gebettelt?“ Bevor Frau Schneider antworten konnte, fuhr er fort: „Als zukünftige Königin mußt du lernen, hart zu sein. Die Gefangenen verdienen den Tod. Sie haben versucht, mich zu bestehlen.“

„Ach, so war das?“ Mehr brachte Frau Schneider nicht über die Lippen. In ihrem Kopf arbeitete es. Sie erinnerte sich an die Fernbedienungen. Sie wußte genau, wo sie lagen. Sie hatte sich noch gewundert, warum Blitz-Schleuder zwei Fernbedienungen besaß, während es doch im ganzen Palast keinen einzigen Fernsehapparat gab …

„Ich habe etwas vergessen", log Frau Schneider. „Können wir noch einmal zurückgehen?"

„Es macht einen schlechten Eindruck, wenn du dir das Ballspiel nicht ansiehst", meinte Blitz-Schleuder. „Die Bevölkerung will dich sehen. Die Leute wollen dich kennenlernen. Wenn du beim Ballspiel nicht erscheinst, dann glauben sie, du seist wehleidig und könntest nicht einmal ein paar Köpfe rollen sehen."

Frau Schneider schluckte.

„Blödsinn", sagte sie dann trocken. „Natürlich will ich das Ballspiel sehen. Ich kann es kaum erwarten. Ich habe nur etwas im Palast vergessen ..." Sie sah Blitz-Schleuder liebevoll an.

„Wollt Ihr mir wirklich diese eine kleine Bitte abschlagen?"

„Natürlich nicht", antwortete Blitz-Schleuder und gab seinen Kriegern ein Zeichen. „Sie werden mit dem Ballspiel warten, bis wir zurück sind."

Die Zeitreisenden standen auf dem großen Platz und kamen sich ziemlich verloren vor. Die Anlage war offenbar für größere Spiele gedacht. Doch sie waren nur zu viert auf dem Platz. Dafür gab es um so mehr Zuschauer.

„Seht ihr Frau Schneider irgendwo?" fragte der Professor und strich sich nervös die Haare zurück.

„Ich kann sie nirgends entdecken", erwiderte Heike. Sie zitterte vor Aufregung. Würde es Frau Schneider tatsächlich gelingen, sie zu retten? Oder machten sie sich nur falsche Hoffnungen?

„Wir müssen anfangen", bemerkte Thomas. „Die Krieger schlagen uns sonst gleich den Kopf ab, so zornig gucken die schon."

„Die Spielregeln kapiere ich sowieso nicht", brummte Michael und ergriff den runden Kautschukball. „Soll man den Ball etwa durch die Ringe dort oben werfen?"

„Du kannst es zumindest versuchen", meinte der Professor. Er hielt noch immer Ausschau nach Frau Schneider. Vergebens. Die Zuschauer verschwammen vor seinen Augen.

Ringsum fingen die Leute an, vor Ungeduld zu brüllen.

„Los, fang an“, befahl der Professor. Er gab sich einen Ruck. „Wir werden denen jetzt ein Schauspiel liefern, das sie nie vergessen werden.“

Sie spielten sich einander den Ball zu. Es sah aus wie ein harmloses Geplänkel.

„Aufgepaßt! Jetzt kommt das erste Zeichen.“ Der Professor warf den Ball fünfmal in die Luft. Danach hob er die Hand und deutete fünf Finger an.

„Wenn Frau Schneider uns sieht, muß sie die Fünf auf der Fernbedienung drücken“, raunte Heike Thomas im Laufen zu.

„Erinnere mich nicht an mein Versagen neulich,“ antwortete dieser.

Michael warf den Ball einmal durch den Ring und spielte ihn dann wieder dem Professor zu.

„Wir spielen bestimmt nicht richtig“, rief der Junge.

„Nein, wir spielen nach eigenen Regeln“, brüllte der Professor zurück. Wieder ließ er den Ball über seinem Kopf tanzen.

„Drei“, sagte Heike.

Die Menge fing an zu protestieren.

Der Professor beeilte sich, alle weiteren Signale zu geben. Dann kam die letzte Zahl.

„Jetzt drückt die Daumen. Entweder klappt es oder –“

Die Luft flimmerte. Die Luft schien sich zu verdichten.

Auf dem grünen Rasen des Ballspielplatzes erschien die Zeitmaschine.

Die Menge brüllte auf.

Gleichzeitig stürzte eine federgeschmückte Gestalt von der Tribüne die Treppe herab.

„Frau Schneider, schnell, hierher!“ Heike lief der Frau entgegen, packte sie am Arm und zog sie zur Maschine.

Thomas formte seine Hände zu einem Tichter.
„Moorteufel, Moorteufel!"
Der Hund schoß hinter einer Ecke hervor. Zwei Kaninchen stoben vor ihm auf und sausten quer über den Platz. Moorteufel kümmerte sich nicht um sie, sondern sprang mit einem großen Satz durch die offene Luke ins Innere der Zeitmaschine, wo schon die anderen versammelt waren.
„Archie, nichts wie weg!" sagte der Professor atemlos.
Die Einstiegsluke glitt zu, und Heike sah, wie Tikal draußen vor dem Fenster im weißen Nebel der Zeit versank.

„Das müssen Sie mir alles ganz genau erzählen", sagte Frau Schneider. Sie hatten die Rückfahrt heil überstanden. Die Zeitmaschine befand sich wieder in der Tropfsteinhöhle. Inzwischen saßen alle im Wohnzimmer, und der Professor versuchte, der Haushälterin zu erklären, was geschehen war.
„Noch mal von vorne", bat Frau Schneider. „Aber bitte ganz von Anfang an."
Der Professor setzte zu umständlichen Erklärungen an, aber die Haushälterin winkte ab.
„Nein, nein. Das meine ich nicht. Das mit der Zeitmaschine und den Sprachpillen habe ich längst verstanden. Aber warum ist auf der Rückreise plötzlich mein Maya-Kleid verschwunden?"
„Das liegt an einem bestimmten Programm der Zeitmaschine", antwortete Heike. „Wenn es eingeschaltet ist, dann bleibt alles in der Vergangenheit, was dorthin gehört."
„Eine Schutzvorkehrung", ergänzte der Professor.
„Schutz nennen Sie das?" entrüstete sich Frau Schneider. „Ich war plötzlich fast nackt!"
Michael grinste. Heike trat ihn verstohlen ans Schienbein.
„Jedenfalls war es toll, wie Sie uns gerettet haben", betonte Thomas. „Das werden wir Ihnen nie vergessen."
„Und selbstverständlich dürfen Sie ab sofort bei jeder

Zeitreise mitkommen“, meinte der Professor. „Natürlich nur, wenn Sie wollen!“

Frau Schneider wurde plötzlich sehr still und starrte versonnen vor sich hin. „Jetzt ist Blitz-Schleuder bestimmt sehr traurig. Er hat überhaupt keine Braut mehr. Feder-Schlange ist heute morgen mit ihren Begleitern wieder in ihre Heimatstadt aufgebrochen.“

„Hätten Sie den König eigentlich geheiratet?“ erkundigte sich Michael.

„Sei doch nicht so neugierig“, wies Heike ihren Bruder zurecht.

„Man wird doch wohl fragen dürfen“, maulte dieser.

„Ich weiß nicht ...“ Frau Schneider lächelte den Professor an. „Wenn ich's mir recht überlege –“

„Ja?“ Professor Ambrosius hob gespannt den Kopf.

„Dann bin ich doch lieber hier. Königin von Tikal – nein, das wär' nichts für mich. Obwohl so ein Leben auch ein paar Vorteile hätte.“

„Zum Beispiel?“ fragte der Erfinder.

Frau Schneider deutete in Richtung Küche. „Es gab keine Mikrowellenherde. Den Dingern traue ich nie mehr im Leben. Bitte schaffen Sie den Herd weg, ja? Am besten gleich morgen früh.“

„Wird erledigt,“ versprach der Professor. Und mit einem Augenzwinkern fügte er hinzu: „Für Sie tue ich ab sofort alles.“

Ende

ZM ZEIT MASCHINE MAGAZIN

Geheiminformation für ZM Leser

VON MARLIESE AROLD

Lieber ZM-Leser

na, hat Dir die Geschichte gefallen? Willst Du jetzt auch mit der Zeitmaschine aufregende Abenteuer erleben? Ich schon! Denn in einer fremden Epoche gibt es viele merkwürdige und interessante Sachen zu entdecken! Wetten, daß nicht einmal Dein Lehrer alles weiß? Klar, er ist ja nicht ARCHIE, der Computer, und kein Mensch kann alles im Kopf behalten! Außerdem kann man's hier nachlesen …

Viel Spaß wünscht Dir Deine

Marliese Arold

Achtzehn-Kaninchen:
Bedeutender Mayakönig von Copan. Er regierte seit 695 n. Chr. In den 42 Jahren seiner Herrschaft wurde die Stadt zu einem großen Kunstzentrum. Viele Menschen strömten ins Copan-Tal, weil sie von der prächtigen Stadt gehört hatten. Cauac-Himmel, der von Achtzehn-Kaninchen selbst zum Herrscher von Quirigua eingesetzt worden war, griff die Stadt jedoch an und nahm Achtzehn-Kaninchen gefangen. Am 3. Mai 738 wurde Achtzehn-Kaninchen auf öffentlicher Bühne den Göttern geopfert.

Ah-Cacaw:
682–734 König von von Tikal.

Ballspiel:
Das Ballspiel war bei den Maya sehr beliebt. Fast jede Stadt hatte einen Ballspielplatz. Die Spiele fanden zur Unterhaltung oder als Wettkampf statt. Sehr oft aber dienten sie einem kultischen Zweck. Kriegs-

gefange wurden gezwungen, vor Zuschauern Ball zu spielen. Die Verlierer wurden geköpft. Die genauen Spielregeln sind nicht bekannt.

B*ergkristall:*
Quarz von glasklarem Aussehen

C*opan:*
Bedeutende Mayastadt, liegt im heutigen Staat Honduras (Mittelamerika).

G*uatemala:*
Staat in Mittelamerika, grenzt an Mexiko.

M*aya:*
Indianerkultur in Mittelamerika (ca. 1000 v. Chr. bis 1500 n. Chr.). Die Maya besaßen als einzige der indianischen Kulturen eine ausgeprägte Schrift. (Die Entschlüsselung gelang erst in den 60er Jahren des 20. Jh.). Weil die Maya-Städte unbefestigt waren, hielt man die Maya zunächst für ein friedliebendes Volk. Neuere Forschungen haben jedoch bewiesen, daß es zahlreiche Kriege und Auseinandersetzungen zwischen den einzelnen Königreichen gab. Die Maya besaßen eine ausgeprägte Mathematik und ein hohes astronomisches Wissen. Sie hatten bereits einen Kalender, der das Jahr in 365 Tage enteilte. Die Maya glaubten, daß manche Unternehmungen nur an bestimmten Tagen durchgeführt werden durften, wenn die Göter günstig gestimmt waren. – Im 9. Jahrhundert verließen die Bewohner im nördlichen Tiefland (z. B. in Tikal) die Städte. Zurück blieben nur die Ruinen. Warum die Maya das taten, ist bisher unbekannt. Vielleicht gab es eine Seuche, oder der Dschungel konnte die wachsende Anzahl der Menschen nicht mehr ernähren. Möglicherweise – und das ist die gängigste Theorie – rebellierte auch das Volk gegen die Herrschaft der Könige.

O*bsidian:*
Dunkles vulkanisches Gesteinsglas. Die Maya glaub-

ten, Obsidian sei ein heiliges Material, das entsteht, wenn der Blitz die Erde trifft.

Q*uetzal:*
etwa 35–40 cm großer Vogel mit sehr langen Schwanzfedern. Er lebt in den Regenwäldern Mittel- und Zentralamerikas. Das Männchen schillert auf der Rückenseite grün, auf der Bauchseite scharlachrot. Der Vogel ernährt sich vorwiegend von Früchten. Bei den Azteken und den Maya galt der Quetzal als heilig. Noch heute ist er der Wappenvogel von Guatemala.

R*auch-Muschel:*
Herrscher in Copan, Sohn und Nachfolger von Rauch-Affe. Rauch-Muschel bestieg im Jahr 749 den Thron. Er heiratete eine Frau, die aus dem weit entfernten Maya-Königreich Palenque zu ihm angereist kam. Rauch-Muschel ließ einen Tempel erbauen und darauf alle berühmten Herrscher der Stadt abbilden.

S*turm-Himmel:*
bedeutender Maya-König, der im 5. Jahrhundert in Tikal regierte.

T*ikal:*
prächtige Mayastadt, mitten im Dschungel von Guatemala gelegen. Tikal hatte im 8. Jahrhundert ungefähr 50000 Einwohner. Das Stadtzentrum besaß zahlreiche Tempel (manche waren bis zu 70 m hoch!), Paläste, Pyramiden und Ballspielplätze. Straßen verbanden die einzelnen Bauwerke miteinander. Tikal galt lange Jahre als größte und bedeutendste Mayastadt, aber neuere Ausgrabungen weisen darauf hin, daß es noch andere wichtige Städte gegeben haben muß. Der Dschungel erschwert die Forschungsarbeiten.

PROFESSOR AMBROSIUS' TROPFSTEINHÖHLE